# 泣き虫オトコと嘘泣きオンナ

著・寺井 広樹

監修・有田 秀穂

脳生理学者・東邦大学医学部名誉教授

# はじめに

この本を手にしたっちゅうことは、恋愛がらみで悩んどるんやな？

そないなもん、悩まなくたってええンで。恋愛なんちゅうもんはな、男と女の心の中の感情を理解すれば解決できることやねん。

ん？　何でかって？

頭のエエアンタなら、もう知っとると思うンけど人間の心は脳にある。

そんでな、心の中の感情は脳内物質が作っとるんやで。

だから恋愛の悩みは、脳内物質を知ることで解決するンや。

恋愛だけやなく友人間も親子間も仕事上の関係も、人間関係の悩みは全部、この脳内物質を上手く利用するだけで万事ＯＫやねん。


ちなみに、これから紹介する脳内物質はすごいねん。

喜び・悲しみ・安心・不安・怒りといった人間のすべての感情を生み出しとるんやで。

例えば、明日のデートを想像してワクワクするんは「ドーパミン」やし、美しい音楽を聴いて心が穏やかになるんは「セロトニン」、恋人や家族を愛おしく思えるんは「オキシトシン」ちゅう脳内物質のおかげなんやな。

もちろん脳内物質は、不安や恐怖といったネガティブな感情も作り出す。

でも、ありとあらゆる感情（脳内物質）が制覇できれば、悩みなんてすぐに解決できると思わへん？


あ、そや、ウチの自己紹介しておくわ。ウチは脳科学の神様、カタルシスや。この本の中でウチがインチキ関西弁を使って、分かりやすく恋愛の悩みを解決してるんやわ。

もちろん、脳科学でな！

脳内物質だけやなく男女の脳の違いも、おもしろおかしく解説してんで。しかも読みやすいようオムニバス小説仕立てやねん。この本を読めば、恋愛や人間関係の悩みなんて、ちょちょいのちょいで解決すること間違いなしや！


ほな、そろそろスタートするで。みんな、楽しんでってや〜。

脳科学の神様　カタルシス

# 泣き虫オトコと嘘泣きオンナ

もくじ

でも恋愛の悩みを解決する前に、人の心が脳のどこにあるんか、感情を作る脳内物質の種類も知っとかなアカン。

そのために、あんたらの世界では有名な脳科学者の有田秀穂先生に、分かりやすいようにまとめてもらったさかい、よう読んどいてな。

1 POINT

## 予習ポイント1
## 人間の心を作るのは『前頭葉』にある『前頭前野』

前頭葉とはおでこのあたりにある脳をさします。

その前頭葉の大部分を占める「前頭前野」は、いわば人間の脳の司令塔ともいうべき存在で、人間の思考、理性、感情、意欲といった心を作り、言葉を話したり身体を動かしたりする行動機能をつかさどっています。

人が人であるために必要な心は「前頭前野」が最も関与しています。

2
POINT

## 予習ポイント2
## 人間らしさを作る『3つの脳』と『3つの脳内物質』

### 1　学習脳と快感を作るドーパミン

実は前頭前野には3つの大切な働きがあります。そのひとつ目が前頭前野の左右に位置する別名「学習脳」と呼ばれている部分です。

「学習脳」は文字通り学習するときに働く脳です。ただ脳にとっての学習とは、「報酬をもらうことを前提として努力すること」なのです。

分かりやすくたとえて言うと、テストで良い点を取るために努力するとします。その努力が報われテストの点数が高得点（報酬）だったとき、人は快感を得るのです。

その「快感」を作るのがドーパミンという興奮物質です。

そして人は努力して夢や目標に到達すると、そのときの快感をまた得ようとさらなる意欲を出します。その「意欲」を作っているのもドーパミンなのです。

このように「学習脳」とドーパミンは密接に関わっています。

## 2　仕事脳と不安や怒りといった感情を作るノルアドレナリン

2つ目は前頭前野の上部にある別名「仕事脳」と呼ばれている部分です。「仕事脳」は主に「危機管理センター」の役割を担っています。危険を感じて不安や怒りという感情を発生したときに「一瞬にしていろいろな情報を分析し、経験と照らし合わせて最善の行動をとる」機能があります。たとえて言うと車の運転がこれに当たります。

この「仕事脳」の働きと密接に関わっているのがノルアドレナリン神経です。

ノルアドレナリンは生命の危機や不快な状態と戦う脳内物質のため、「怒り」や「危険に対する興奮」をもたらします。腹が立ってしかたがないときや、リング上の格闘家などがノルアドレナリンによって脳が興奮している状態だといえます。

ノルアドレナリンが脳にいきわたると脳全体を「ホットな覚醒」に導き、この戦いに勝ち目はあるか、逃げた方がいいのかという判断を正確に導きだそうとするのです。

不安や怒りといった感情はネガティブなものととらえがちですが、大昔から人類が生き延びてこられたのも、このノルアドレナリンのおかげだといわれています。

## 3　共感脳と穏やかな気持ちを作るセロトニン

3つ目が前頭前野の中心にある別名「共感脳」と呼ばれている部分です。「共感脳」は他者への共感や我慢、理性といった「社会性」に関する働きを担っています。この「共感脳」と密接に関わっているのが「セロトニン神経」です。セロトニンは「平常心」を保てるよう、脳に「クールな覚醒」をもたらす物質です。刺激に関係なく常に一定量のセロトニンが脳に放出されるため、ドーパミンやノルアドレナリンの過度の興奮をおさえ、心のバランスを整え安定させる作用があります。

3 POINT

### 予習ポイント3
### 男女の仲を救う「愛情ホルモン」

「愛情ホルモン」といわれるオキシトシンは、下垂体後葉から分泌されるホルモンの一種で、出産や母乳の分泌に深い関係があります。

オキシトシンには筋肉を収縮させる作用があり、分娩時に陣痛を促したり、産後の子宮復古や母乳の分泌を促したりしてくれます。

産後にオキシトシンの分泌量が増えると母親は赤ちゃんをより愛おしく感じるようになり、母性愛が強まるといわれています。また愛情が深まるだけではなく恐怖心や不安が減少し、ストレスを軽減させ心を落ち着かせてくれる作用もあります。

そして、「愛情ホルモン」や「幸せホルモン」などと呼ばれる通り、家族や恋人の間での信頼や愛情など、人間関係を形成する上でオキシトシンが強い影響を与えています。

もちろん、オキシトシンは女性だけのものではありません。女性より少ないといわれていますが、男性にもちゃんと分泌されています。男性が本能をおさえ、ひとりの女性と幸せな家庭を築きたいと願うのも、このオキシトシンのおかげなのです。

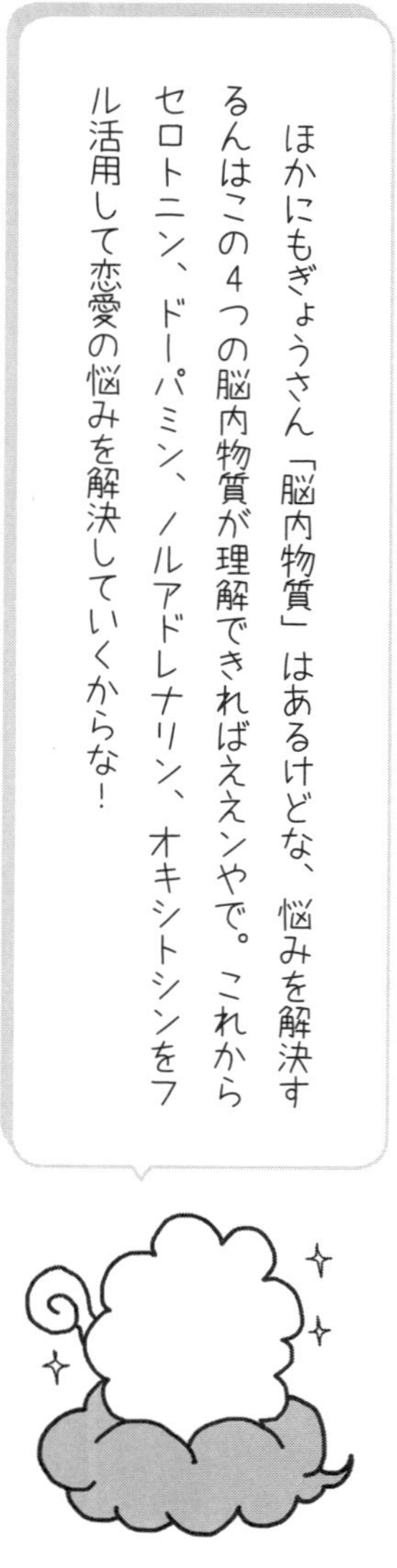
ほかにもぎょうさん「脳内物質」はあるけどな、悩みを解決するんはこの4つの脳内物質が理解できればええンやで。これからセロトニン、ドーパミン、ノルアドレナリン、オキシトシンをフル活用して恋愛の悩みを解決していくからな!

プロローグ

# ウチが浪速のカタルシスやで！

「ちょっと富田林さん、この資料見にくいよ。こんなにデータっている?」
「そうなの。字も小さいし、老眼の私にはつらいのよね」
「もう、帰りたいな……」

(はぁ、これだから女はやりにくい。私の部下だったら怒鳴って解決するが、女性に対してはそうもいかない。いや、会社じゃないんだからイライラしてはダメだ……)

ここは、世田谷のマンション『セント・ルネッタ』の集会所。いま月に一度の理事会が開かれている。進行役は理事長である私だ。

順番に議題を解決していこうと努力しているが、女しかいないせいか、さっきからまったく進んでいない。第一の議題を話しているのに、すぐに第二、第三の議題に話が飛んでしまう。それればかりかちょくちょく関係ない話をはさんでは、先ほどのように会議を中断させる。

私は何とか場を静め「発言は資料説明の後、順番に」というルールを作り、先を急いだ。
「それでは第一から第三の議題は置いといて、第四の《共有スペースへのペットの持ち込み》から始めたいと思います。資料16ページを開いてください」

「エベレーターは抱っこすればいいけど、ラウンジはダメよね」

資料の内容を説明しようとしたところで、いきなりルールを無視して話しだしたのは7階に住む辻村利香さん。44歳の人妻で妙に色気のある美人だが、気が強すぎて苦手である。

「そうそう。この前、犬の毛、たくさん落ちてたわよ。アレルギーの人もいるからね。掃除代だってバカにならないでしょ？」

5階の森林光代さんがすぐさま井戸端会議モードに突入だ。56歳になる光代さんは悪い人ではないが、とにかく無駄話が多い。専業主婦で暇をもてあましているのだろう。

「でも、よくラウンジにいるのって604号室の田畑さんちのワンちゃんですよ。4階の日村のおじいちゃんが会うの楽しみにしてるし」

光代さんが社会勉強のためにと連れてきた長女の森林美帆さんも加わってきた。長い黒髪の地味めな顔をした20代後半とおぼしき美帆さんは、ＯＬをしているらしい。

「あら、そうなの？　田畑さんちなんだ……」

光代さんがチラッと辻村を見た。

「あー、そうかあ……」

辻村さんが考え込むようにしばらく黙っていたが、顔を上げると「日村さんも楽しみにしてるなら仕方ないかもね。ラウンジは可で」とニッコリと笑って言った。

「ちょっと待ってください！　そんなんで決めちゃっていいンですか？」

私は慌てて止めに入ったが、女たちのおしゃべりは止まらない。

「ラウンジより駐車場よ。あそこで犬がおしっこしてるみたいなの」

「それはダメね。あっ、そういえばこの前ね、近所の子どもたちが遊んでたわ。危ないからダメよって注意したら帰るンだけど、また戻ってくるのよね」

「だからコインパーキングにするのも反対なの。どんな人が利用するか分からないじゃない」


またた……。いまペットの話をしているのに、なんで違う話題になるんだ。しかも私が発言しようとすると、聞いていないのかすぐにさえぎってくる。せっかく作ったルールも速攻で破られるし。今日は女しかいないと聞いて嫌な予感はしていたが、ここまでひどいとは思わなかった……。

私が頭を抱えていると、「そらアンタ、男と女の脳がちゃうからやで」と、天井から声がした。その瞬間……。

突然、何かが爆発した。驚いて顔を上げると、白い毛がモコモコと生えている羊が、宙に浮きながらこちらを見ている。

(なんだこれは……。疲れすぎて、とうとう頭がおかしくなったのか?)

ハッとして周りを見ると、みんな目を見開いてその羊を見上げている。ということは、私だけに見えている幻覚ではないのだ……。

「男はな、はよ結果がほしいから効率よく論理的に進めようとするんや。せやけど女は、結果も大事やけどそこに行きつくまでの過程を重視する。こんなん、男と女の脳の違いが分かれば、すぐに解決する話やで」

羊はそう話すと、ファファアーと降りてきた。

見れば見るほどやる気のないゆるキャラにしか見えないが、女たちは「なにあれ……」と肩を寄せ合っている。こういうときは男である私が、勇気を出さなければならない。

私は立ち上がり、恐る恐る近づいていった。

「あのー、……どちら様でしょうか？」。緊張のあまり、弱気になってしまった。

「どちら様って神様やん。名前はカタルシスや。アンタらの願い事、叶えにきたンやで」

願い事？　思わず女性陣を見たが、みな心当たりがないように首をひねっている。

カタルシスという名前の神様は「しゃーないな」とつぶやくと、自分のヒヅメを毛に入れて、何やら手紙のような物を出して読み始めた。

「私は今年で五十になる男ですが、年甲斐もなく自分の娘のような歳の子に惹かれ始めています」


**うわあああああああああ！！！**


「止めろ！」

私は思わず神様（？）が持っている手紙をひったくった。

この手紙は〝恋愛最強パワースポット〟と呼ばれる氷室神社（本当に存在します）の神様に送った愛の手紙だ。神様宛てに自分と結ばれたい相手の名前と願い事を書き、設置されている「愛のポスト」に入れると恋が成就すると噂されている。いやそんなことより、なんでコイツが持ってるんだ！

「変態……」

辻村がボソッとつぶやいた。

振り返ると、女性陣が冷たい目で私を見ている……。

「私は独身なンだぞ！　別にいいじゃないか！」

そうだ、相手だって立派に成人している。これは決して犯罪ではないのだ。

「他のもあんで」とカタルシスがまた、モコモコから手紙を取り出した。

「エエッ！」そして今度は女どもがざわつき始める。カタルシスはケラケラと笑いながら宙に浮き、次々に手紙を読んでいく。

「神様、どうかお願いします。祐太をあの女から取り戻してください」

「や、やめて！」

美帆さんが叫んだ。

「ちょ、ちょっと美帆、どういうことなの？」

「次な。熟年離婚になりますが、どうしても夫と別れたいのです。次の相手は、群馬のプリンス〝京さま〟に似ている方でお願いします」

「ああ、それ以上は！」

いま叫んだのは母親の光代さんだ。

「エッ、お母さん⁉　何で？」

「んで、最後な。あの人の心が分かりません。道ならぬ恋とは思います」

「ちょっと、いい加減にして！　返しなさいよ！」

集会場は悲鳴や怒号が上がり、地獄と化した。でも辻村さん、不倫してたんだ……。

「そないに言うなら返すわ」

パンッという音とともに、手紙がヒラヒラと落ちてくる。

全員、自分の手紙を取り戻そうと必死だ。

そして気が付けば、神様は羊から人間の姿に変わり、腰に手を当て仁王立ちしている。上は割烹着で下はモンペ、髪型はよくオバちゃんがかけているクルクルパーマだ。

「これで分かったやろ？　弁天ちゃんが忙しうて大変やっていうから、ウチが代わりに来たんやで。アンタらの恋の悩みを解決したるわ。脳科学でな」
「……脳科学？」
一瞬、意味が分からなくて思考が止まった。誰かの「何か変じゃない？」という声を聞き、我に返った。

「そうよ！　何よ、脳科学って？　神様ならそんな変なこと言わないはずよ！」

辻村さんが怒ったように叫んだ。周りのみんなも、また怯えたように「悪魔なんじゃない？」とか、ささやき始めている。

「こないなキュートな悪魔がおるわけないやろ」とカタルシスはしなを作ってウインクしている。

たしかに、キュートという単語は無視するが、どこからどう見てもひと昔前の田舎にいるオカンにしか見えない。

「そもそも何で脳科学なの？」

美帆さんが恐る恐る声を上げた。そう、悪魔には見えないが神様だったらさっさと願いを叶えるはずだ。

我々が疑いの眼差しでカタルシスを見ていると、彼女は薬指を立ててチッチッチと横に振った。

「ウチが人間の願いを叶えるのは簡単よ。せやけど、アンタらのタメにならへん。アンタ、たしか富田林やったな？」

いきなり名前を呼ばれて驚いたが、仕方なくうなずいてみた。

「あの子と両想いになったあと、若い男が出てきたらどないする？」

「美帆、祐太がまた浮気したらどうすンのや?」

「光代と利香も同じやで。ウチは忙しいからな。願い叶えたら二度と会われへんで」

カタルシスから次々に問いかけられ、場がシーンと静まり返った。考えたこともなかったが、そうなればあの子とうまくいっても続かないかもしれない……。

「人間の心はな、脳にあるンや。喜びや苦しみを感じるのも、実は全部脳内物質が作っとる。それを逆手に取って相手の心をつかむんや。しかもウチは神様やで。人間の脳を知りつくしとる。これから出すウチの指令にしたがって行動してみぃ。アンタらは必ず幸せになるはずや」

「ホントに?」

美帆さんが、また口を開いた。

「ウソついてもしゃあないやろ。まぁ、順番にアンタらのとこに行くわ。どうするかは自分次第やで。ほな、後でな」

カタルシスはそう話すと、またボンッと爆発音を立てて消えていった。

いったい、あれは何だったのか……。残された我々は、互いに目を合わせた。

# CASE 1
# 勘違い五十男・富田林恒彦の涙

## 3月。

春雨前線の影響か、連日天気が悪い。しかも今日は豪雨だ。シーンとした会議室に雷鳴が響き、ますますイライラがつのる。

どうダメ出しをするか考えるために、ホワイトボードに書かれた企画内容をもう一度読んでみた。

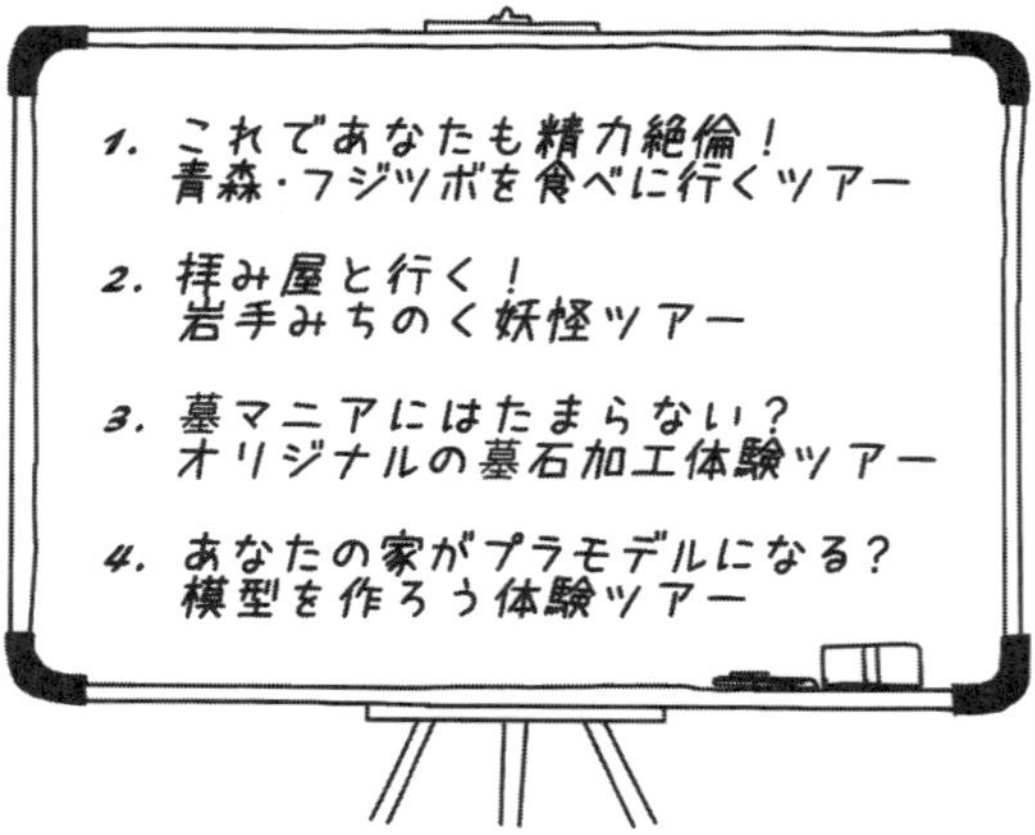


イカン、これ以上読むと頭が痛くなる……。

私は資料を机にバンッと投げつけ、立ち上がった。

「どいつもこいつも、こんな企画しか出せないのか！」

部下たちが、また怯えた目で私を見ている。近ごろの若い奴らは、怒鳴られたこともないらしい。

いま、私が作った男だけのチームを集めて、秋冬の国内パッケージツアーの目玉商品を決める会議している。下半期の商品は通常6月から会議が始まるが、今年は私の独断でこの3月から開始した。我が社はいま流行りのネット専門の旅行会社だ。

6年前に設立されたばかりのせいか、社員も若手が多い。設立当初は業績も好調であったが次々にライバル会社に追い抜かれ、いまや国内部門では最低ランクの売り上げになってしまっている。

だが、私が出向してきたからには必ず浮上させてみせる。安いパッケージツアーの乱売で他の旅行会社も苦戦しているが、それぞれ独自路線を打ち出して生き残っている会社もあるのだ。だから、うちも個性を出さなければと気をもんで早々と企画を募集してみたが、どれもこれもすでに他社で出しているツアーと大して変わらない。こんな内容では、絶対売れるわけがない。

「いいか、お前ら！」

私はいつものようにホワイトボードを叩き、部下たちを鼓舞するため大声を出す。

「何日も徹夜して考えてきただと？　それでゴミしか出せないンなら、一生寝るな！」「ゴミと言われて悔しいだろ！」「悔しかったら私を見返してみろ！」「生き残りたかったら、私を唸らせる企画を考えるンだ！」「寝ないでない知恵を絞るンだ！」「気合いだ！　気合いを入れろ！」

ここまで大きな声を張り上げても、部下たちの目は死んでいる。誰も私と目を合わせようとせず、うつむいたまま何の反応も見せない。

いったい、いつから日本男児はこんなに軟弱になったんだ。

私が高校球児だったころは、監督からいくらどやされても「何くそっ！」と歯を食いしばり、地獄の特訓にも耐えてきたものだが……。

だがこれは彼らが悪いわけではない。近年は叱らないで褒めて教育するのが主流だそうだ。叱られないで育ってきた奴は弱くなる。彼らもまた時代に流された被害者だ。

私はそんな彼らを鍛え直そうと連日のように試練を与え、檄を飛ばしていた。これも訓練のひとつだ。私の熱い思いを分かってくれれば、彼らもきっとついてきてくれる。それにいまは悠長なことを言っている場合ではない。我が部の存続がかかっている。みんなで力を合わせれば、きっとこの危機を乗り越えられるはずだ。

私は2週間後までに、必ず『売れる企画』を考えてこいと彼らに告げ、会議室を後にした。


「部長、いい加減にしてください！」

自席に戻るとすぐ、かっちりとしたスーツ姿の波多律子が飛んできた。

彼女は私の部、国内旅行企画部の課長である。国立大学出身の非常に優秀な社員で、我が社の設立時にヘッドハンティングされたと聞いている。だが、どうも口うるさくて困る。

おおかた、私のやり方が気に入らないのだろう。いつものように長い黒髪をひとつに束ね、ふちなしの眼鏡の奥から私を睨んでいる。39歳でいまだ独身の理由が分かる気がする。

私も今年で50になる。いまだ独身であるが、これは仕事に邁進しすぎただけのことだ。

「また、ここまで怒鳴り声が聞こえてきました」

「気を付けているンだけどねぇ。体育会系だから、どうしても声が大きくなるンだよ」

最近はコンプライアンスが厳しくなり、私は特に女性社員には気を付けている。女はすぐにハラスメントだなんだと騒いでくる。面倒だが、へたに厳しく指導すると人事に訴えられかねないから要注意だ。

「お言葉ですが、部長のやり方は明らかにパワハラです。寝ないでやれとは何ですか？みんな一生懸命やって、疲れているんです――」

また始まった。この女はヒートアップすると長い。こうなったら延々と止まらないから、いつも話を聞いているふりをして受け流している。

残業するとかえって効率が悪い。男しか会議に入れないのは女性蔑視である。彼女の言いぶんはいつも同じだ。フン、女に何が分かる。これは遊びではない。私だってやりたくて部下を鍛えているのではない。みんなのためを思えばこそ、やっているのだ。

そんなことを考えながら私が適当にうなずいていると、契約社員の安達柚菜ちゃんが席を立ったのが見えた。

白いワンピースを着こなす彼女は清楚で可憐だ。栗色の肩までの長さの髪はふんわりとウェーブがかかり、色白でパッチリした目をしている。

いま私と目が合い、笑顔でガッツポーズを送ってくれた。

ああ、柚菜ちゃん、君はなんて良い子なんだ――。

目の前にいる波多課長とは大違いである。私は波多課長に気付かれないよう、そっと彼女の姿を目で追った。

## その夜…。

残業が終わり、家に帰ってきた。

今日はわりと早い方だが、いつもは日付が変わるころに帰宅する。自分が率先して仕事をしている姿を部下に見せなければならない。これもリーダーの務めである。

風呂に入り洗面所であらためて自分の顔を見る。

最近、ろくに食べてもいないし寝てもいない。少しやせたようだ。がっしりとした顎に真四角な顔。目はシジミのように小さく、鼻は獅子のように横に広がっている。全体のパーツはやや中心よりだが、眉毛も太く堂々とした男前だと思う。

彼女と二人で歩いても、けっして見劣りはしないはずだ。それなのに我々は決して結ばれてはいけない運命なのだ。

（ああ、柚菜ちゃん、私が上司ですまない。上司でなければ、君をきっと幸せにできたはずなのに……。私はなんて、罪深い男なンだ……）

イカン……。彼女のつらさを考えると、涙が出てくる。彼女も眠れない夜を過ごしているのだろうか……。

「キモいわ！」

「――イダッ」

涙を拭いていたら、いきなり後ろから頭を叩かれた。振り返ると、割烹着にモンペをはいたオカンに化けたカタルシスが立っていた。来るとは言っていたが、こんなに早く現れるとは……。

「アンタなぁ､自分の顔よう見てみいや。どこがエエ男なん？　それに大きな声出すとき、口の端に唾ためてんで。だからみんなから〝カニ〟って呼ばれるンや。口から泡吹いてるように見えるしな。あ、たしかによう見たら平家ガニみたいな顔しとるなぁ」

「へ、平家ガニ？　いきなり来てなんだそれは！　失礼だぞ！」

「アンタが盛大に勘違いしとるから、目覚ましに来たんやで。感謝しいや」

「勘違い？」

カタルシスは大きなため息をつくと「ここ狭いやろ？　あっち行こか」とリビングに勝手に行ってしまった。ここは私の家だぞ！　なんなんだ、あのペラペラとよくしゃべる羊（？）は！


そして私はいまリビングのソファに座り、水割りを飲んでいる。

もうこれで3杯目になる。先ほどからカタルシスが「柚菜ちゃんと両想いなら証拠を見せろ」とうるさく言ってくるから仕方なく飲んでいるのだ。

私の願い『みんなに祝福されて柚菜ちゃんと結婚する』ことを叶えに来たと思ったら、どうやら違うようだ。追い返そうとしたがこのオバちゃんはペラペラと機関銃のようにしゃべりまくり、こちらの話をまったく聞かない。だから酔っぱらって寝てしまえば、帰ってくれるだろうとこうして水割りをあおっている。

「いまから柚菜ちゃんを食事に誘ってみぃや」

突然カタルシスはそう言うと、いつのまに手に入れたのか、私のスマホを差し出してきた。そして「食事ぐらいええやろ」とニヤニヤしている。

二人で食事！　……なんて魅力的な言葉なんだ。私に微笑みながら美味しそうに食事をする彼女の姿を思い浮かべてしまう。

でも、ダメだ……。いまはそんなことをしている場合ではない。

「私は彼女の上司だ。彼女を誘えば、他の部下に示しがつかない」

日ごろ、あんなに厳しくしているのだ。私だけ鼻の下を伸ばすわけにはいかない。

「ほな、ウチは帰るで。柚菜ちゃんが他の男と結婚するの、指くわえて見とったらええわ」

「――ちょっと待てっ」

カタルシスが帰ろうと立ち上がった瞬間、私は思わず彼女の割烹着の裾を……。しまった、カタルシスはニヤリと笑い「なら、男を見せんかい」とスマホ片手に迫ってくる。

クッ、ここでひるんだら、このオバちゃんに弱みを見せることになる。それにたしかに食事ぐらいなら日ごろの労をねぎらうということで、有りかもしれない。

私は〝仕方なく〟スマホを手に取った。そうこれはカタルシスを早く追い返すためである。もう一度言う、これは〝仕方のない〟ことなのだ。

私は書斎に移動した。ついてくるなといったが、カタルシスも強引についてきた。

そしてはいま、スマホとパソコンの両方を使い、柚菜ちゃんの現在の動向を調べている。

ツ〇ッターには5分前に投稿している。イ〇スタの方は――。

「ただのネットストーカーやん！　ホンマ、キモいな！」

となりで座っているカタルシスがガタガタ文句を言ってきた。

「うるさい、もう12時近いンだぞ！　寝てるときに連絡したら、そっちのほうが失礼じゃないか！」

「メールなら大丈夫やろ。それに5分前に書き込んでるやん。まだ起きてんで」

それもそうかと思い直し、いざメールを打とうとすると緊張する。実は初めて会った酒の席で酔った勢いでメールアドレスを交換したが、まだ1回も彼女に連絡をしたことはなかった。

汗ばんだ手でどういう文面を打つか考えていると、カタルシスが「ウチがやったる」とスマホを取り上げようとしてきた。ここで渡すと大変だ。カタルシスと揉み合いになりながらも、私は何とか短い文章を送った。

『今週の金曜日、二人で食事でもどうですか？　美味しいすき焼きの店を知っています』

この文面で送信してみた。彼女の返信がくるまで生きた心地がしない……。

だが、10分待っても30分待っても彼女からの返信はこなかった。

待っている間、私は不安になり彼女のSNSをくまなくチェックした。よく見ると、1分前に大学時代の同級生と思われる男の投稿に『イイネ！』を押している。まさか……。

「やっぱり無視されとるな」と、カタルシスがニヤニヤ笑ってきた。

「い、いや、きっと友達のとこを回って、気が付いてないだけだ」

私は彼女が早く気が付くようにと、『今週がダメなら、来週は?』『週末でなくても、いつでも大丈夫です』と第二、第三弾を送ってみた。そして変な神はすぐ横にいるが、早く返事がくるようにと別の神様に祈った。

すぐにメールの受信を知らせる音が鳴った。しかも2回連続で来た！

私はカタルシスに見せつけるように、わざと彼女の方にスマホをかたむけた。

そして高鳴る胸を押さえ、受信BOXを開く。

『やめてください。いったい、どうしたんですか?』

『いまはそんなことをしている場合じゃないはずです。仕事を優先してください』

グッ……。

思いっきり拒絶された……。しかも二連続で……。

「いや、これは彼女なりのエールだな。私がいまやるべきことは、うちの部を立て直すことだし、やりとげてから誘えということだ」

快活にふるまってみたが、カタルシスは生温かい目で私を見ている……。つらい。カタルシスの言う通り、やはり私の勘違いだったのか？

落ち込んでいたら、カタルシスが「元気だしぃや」と優しく背中をさすってくれた。

「ウチが荒療治をしたンは、恋を成就させるためやで。勘違いしたままやと、ややこしいからな」

「いまさらもう無理だ……」

「落ち込まンでもええ。とりあえず彼女のこと最初から話してくれへん？　指示はそれからやな」

誰にも話したことはないが、いまなら話せそうな気がする。私は居ずまいを正し、カタルシスに彼女との出会いから話し始めた。

私がいまの会社に出向してきたのは、去年の9月だ。

それまでは本社の海外企画部の次長としてバリバリ働いていた。若いころから「鬼の富田林」の異名をとり、数々のヒット商品を誰よりも多く出してきた。

それだけ会社に忠誠を誓い、努力してきたということだ。

だから、系列会社への出向の話がきたときは驚いた。「部長の席を用意している」、「あの会社を立て直すのは、君しかいない」上司はそうおだてていたが、ようするに体のいい左遷だ。あれだけ会社の業績を上げてきたのに、年を取ったらお払い箱になった。腹立たしさとやるせない思いで、私は仕事に対する意欲をなくしていた。最初は、覇気がない若い連中を見てもどうでもいいとさえ思っていたのだ。燃えカスのようになっていた私は、定年まで『お飾り部長』に徹しようと腐っていた。もっとも、部下たちもそれを望んでいたと思う。本社から出向してきた上司なんて、誰も歓迎していないのは明らかだった。

出向してから4日後、私の歓迎会が開かれた。そこで初めて柚菜ちゃんと話した。私より2週間早く契約社員として入社したとあいさつする彼女に、私は適当に返事をした。

でも彼女は「私たち、ある意味同期ですね」とほほ笑んでくれたのだ。そして元気がなかった私を気づかってくれた。私はあの笑顔に癒され、酒の席ということもあり、それから彼女といろいろ話したのだ。

24歳の彼女は、そのあどけない見た目からは想像できないほど苦労していた。大学を出ているが、おりしも就職難の時代にぶつかり正社員として就職できなかったそうだ。

だが、どうしても旅行会社で働きたい彼女は派遣で大手旅行会社に入り、そこで一生懸命仕事を覚え、我が社の契約社員登用試験に合格したと話していた。

ゆくゆくはうちの会社で正社員になり、企画部でプランナーとして働きたいとも夢を語ってくれた。お客様の笑顔のために、また我が社のためにも頑張っていきたい、という彼女の熱い思いに心を打たれたのだ。

私は彼女の夢を叶えてあげたくなった。それには、何としても業績を上げなくてはならない。このままジリ貧だと我が社は本社からテコ入れされ、うちの部の社員は一掃される可能性がある。契約社員は真っ先に切られるだろう。

互いに慣れない環境だけど、頑張って社を盛り上げていこうと約束もした。

だから私は、何が何でもいまのプロジェクトを成功させねばならないのだ。

しかもそれ以来、忙しく話せないときでも彼女は私に「頑張ってください」とメモ書きを渡してくれたり、目で合図を送ってくれるようになった。だから彼女と両想いだと思っていたのは、あながち間違いではないはずだ。

いままでのことを思い出すと、さっきの彼女のメールは私に対する叱咤激励であり、やはりお互いに想い合っているように感じてきた。歳を取るとどうもイカン。また、目頭が熱くなってくる……。

「やっぱり勘違いやな」あっさりと否定された。

「そんなん上司に対するゴマすりや。若い子が毎日大声出しとるウザい親父に、惚れるわけないやろ。いっぱい唾飛ばして汚いわ。それにしょっちゅうイライラしとるし、余裕があらへん。ええか、大人の男の魅力は包容力やねん。若い男にはない、器のデカいところを見せなモテへんで」

ウザい、汚い、余裕がない……。ズバズバと言われ、へこんでしまう。

気が付かなかったがそうはっきり言われると、そうかもしれない。私はみんなのためを思って厳しくしていたが、柚菜ちゃんには余裕がないように見えていたのかもしれないな。

「あと、何回もしつこく連絡したら嫌われンで。恋愛指南本にもアカンって書いてあるやろ?」

「それを、早く言ってくれ!」と、顔を上げたら……。

「**富田林!**」。サングラスをかけ、金属バットを持ったカタルシスが仁王立ちしていた。

唖然としていたら、カタルシスが私の胸ぐらをすごい勢いでつかんできた。

「ちょ、ちょっといきなり何――」

カタルシスに押し倒された。そして軽々と片足を取られ関節技であるアキレス腱固めをかけられた。

「痛っあああああ！　そ、その関節は、そっちに曲がらない！」

「貴様の願いは、みんなに祝福されながら柚菜ちゃんと結婚することだったな？　あ、そうだよなっ！」

「は、はい！」。あまりの痛さに思わず肯定してしまった。

「よーし！　では貴様に、〝脳科学理論〟を伝授してやる！　私の指令通りに動けば、必ずや貴様は柚菜ちゃんと結ばれるだろう。わかったか！　わかったなら、何でもしますと返事をしろっ！」

今度は首を思いっきり揺さぶられガクガクする。「な、なんでもします！」、そういうのが精いっぱいだった。

そしてカタルシスは私を突き倒し、仁王立ちでこう言い放った。

「よし！　**第一の指令**だ。毎朝、**公園でヨガをやれ！**」

ＹＯＧＡ？　なんで？？

「ガッデム！」

「どわっ！」

危なかった……。カタルシスが金属バットを全力で振り下ろしてきた。避けなければ確実に当たっていたと思う。しかもこれは「問答無用！　黙ってやれ」という無言のメッセージかもしれない……。怖いよ、母ちゃん……。

## 翌朝。

カタルシスに朝4時半に起こされた。これから会社の近くの公園でやっている『早朝公園ヨガ』に参加すると言っていた。

昨日は彼女に振り回されて疲れていたのか、久しぶりにぐっすり眠れた。でも実質、3時間くらいしか寝ていないのでやっぱり眠い……。

今朝のカタルシスは昨日と違い、いつものオカンスタイルだ。私が着替えていると、世話焼きの母親のようにコーヒーを入れてくれ、ヨガに行く準備も手伝ってくれた。これなら安心して、なぜヨガなのか質問できる。

あれから柚菜ちゃんに謝りのメールを入れようとしたが、カタルシスに止められていた。心配であったが「これ以上、メールすると彼女がもっと怯えるかもしれへん」と、忠告され、送るのをやめたのだ。

怖がらせるつもりは決してなかったが、若いあの子にとっては怖かったのかもしれない。

今日会うのがとても不安だ……。

ヨガに行く気分でもなかったが、昨晩のカタルシスの様子を思い出すと断ることもできない。私は仕方なく重い腰を上げた。


電車で移動中、カタルシスに例の質問をしてみた。彼女は難しいことは省略して、簡単に説明するといって話し出した。

「人間の脳はな、恋をした瞬間、**ドーパミン**が大量に分泌されるンや。アンタが柚菜ちゃんに恋焦がれるのも、このドーパミンのせいやねん」

「ドーパミン……、聞いたことあるな」

「てっとり早く言うと快感、意欲、学習能力、運動機能や記憶力といった働きを担う神経伝達物質のことや」

快感？　意欲？　学習？　ちょっと何を言っているか分からない。

「人は努力して得た結果＝報酬で快感を覚えるンや。その快感ちゅう感情を

作るンはドーパミンや。アンタも経験あるやろ？ 目標に向かって努力して、それが達成すると飛び跳ねるほど嬉しいし、気持ちがええって思うこと。そんとき脳の中でドーパミンがぎょうさん出とるンよ。ドーパミンを分泌すること＝快感を得ることなんやで。せやから人はまた達成の快感を得るため、夢や目標に向かって努力する。その意欲を作っとるのもドーパミンなンや。だから別名『学習のやる気ホルモン』って呼ばれとるわ」

「ああ、それならたくさん出てるはずだ。いま、やる気でみなぎってるからな」

目標に向かって努力する。私が一番好きな言葉だ。ドーパミンのおかげで頑張ることができるなら、もっと出てほしいくらいだ。

「いや、ドーパミンの過剰分泌は危険なンや。快感を得たときの記憶が忘れられンで、もっともっとほしいって依存症になる。アルコールやギャンブル依存症がそうやねん。アンタの場合は恋やな。相手を見とるだけで、カーッと気分が高揚して幸せな気持ちになるやろ？ その幸福感が忘れられへんから、彼女に夢中になるンや。いわゆる重度の〝恋わずらい〟ちゅうヤツや」

「まさか。中学生じゃあるまいし」

「寝食忘れてガンガン動けるンも、みんなが迷惑しとるのに気が付かんでつっぱしっとるのも、ドーパミンが暴走しとる証拠や。ドーパミンのせいで正常な判断ができてへん。せやからいい歳こいて、ネットストーキングなンてするンやで」

それを言われると、何も言えない……。

「あとここで問題なンはな、努力しても報酬が得られなかったときやねん。大きなストレスになる。アンタの場合は、突然子会社に出向になったことや。どうしてこんなに頑張ったのに、認めてくれへんのってガックリきたンやな。そんなとき柚菜ちゃんに会うて、ドーパミンがますますヒートアップしたンやな。この子のためにも頑張ろうって思うたンは、出向になったストレスを消すためや。もっともっと快感をくれって依存症になったンやで」

（うーん、何とも言えないが、当たっているような気がする……。オカンみたいな変な神様だけど、あなどれないかもしれないな……。）

「アンタはいま、心のバランスが崩れとる状態や。だからいつもイライラしとんねん」

「心のバランス……、歳のせいだけじゃないのか」

「そや、心を正常に保つンは**セロトニン**を増やさなアカン。セロトニンは平常心を保つ重要なホルモンなンやで。正常に分泌されれば、興奮やパニックをおさえてくれる。そして増やすのに一番いい方法はな、太陽の下でリズム運動をすることなンや」

「でもヨガだろ?」

「ヨガでやる腹式呼吸がええねん。あれも立派なリズム運動やで」

話している間に駅についた。カタルシスから聞く話はどれも面白かったが、ヨガだけはピンとこない。でも昨晩のメールのやりとりを思い出すと、わずかな希望でもすがるしかない……。

「ほないこか」とカタルシスに促され、私はノロノロと電車を降りた。

## 会社で。

ヨガが効いているような気がする。

始めてまだ4日しか経っていないが、なぜか身体が軽い。それにこれもヨガの効果だろうか、やる気のなさそうな顔で出勤してくる部下を見てもイライラすることが少なくなっていた。これもカタルシスが言っていた**セロトニン**の効果なのか。いや、カタルシスは3カ月は続けろと話していたし、ただの思い込みかもしれない。

自席で端末を立ち上げていると、柚菜ちゃんが出勤してきた。例のメールの前なら真っ先に私のところに来てあいさつをしてくれたが、あれからもう目も合わせてはくれない。明らかに彼女から避けられていた。

私は今日こそ柚菜ちゃんに謝ろうと立ち上がったが、気付かれたのか彼女は逃げるように席を離れた。

はぁ、やっぱり嫌われている……。私は椅子に倒れ込むように座った。

カタルシスはいくらでも挽回できると言っていたが、もう無理だと思う……。

「部長、お話があります」

落ち込んでいたら、波多課長に呼ばれてしまった。朝から最悪な気分だ。

別室に連れて来られた私は、波多課長と向かいあって座っている。今朝の彼女は普段と少し様子が違っていた。いつもは甲高い声で責めてくるが、いまは青白い顔で深刻そうに押し黙っている。いったい何があったんだ？

「……野崎が倒れました。過労で入院だそうです」

「――」

驚きのあまり言葉が出なかった。

野崎は私が抜擢した精鋭チームの一員だ。入社3年目でキャリアはなく、歳も一番若いが、体力がありそうに見えた。それに私と同じくらいしか残業していないはずだ。

私がそう困惑した顔をしていると、彼女にもそれが伝わったようだ。

「さんざん申し上げましたよね?」と、ため息をつきながら説明し出した。

「野崎は通常業務も遅れないようにと、土日も休まず来ていました。野崎だけじゃありません。ウチの課は全員出勤しています。みんな4月の準備で手いっぱいなンです」

4月の準備というのは、アニメ『ぱくおん!』の聖地巡礼ツアーのことだ。人気があるアニメらしく4月下旬の映画公開日と合わせて、ツアーも開始することになった。

もうすでに3月に入りネットでの仮予約は始まっているが、ホテル側が値段交渉を申し込んできた。その上、パンフレットを作る広告代理店との打ち合わせも遅れている。そもそもこの企画が通ったのも遅かったのだ。はじめから押せ押せのスケジュールで、みんな動いていた。

「でも、そのためにも契約社員を入れたはずだ。足りないのか?」

このために先月、予算ギリギリまで使って2名ほど追加した。だが、足りなかったようだ。波多課長は冷たい目のまま、黙ってうなずいている。

「ウチに来てもう半年経ちましたよね？　どうして部の状況を把握できないンですか。できないなら、〝お飾り部長〟に徹してください。本社にいい顔をしたいンでしょうが、もう私たちは付き合いきれません」

暗に私のチームから抜けたいと言っている。それにくわえ誤解もしている。

私はいまさら本社に媚びを売るつもりはない。だが、この女に何を言ってもムダだ。グッと我慢をした。

「じゃあ、いまの売り上げをどうする？　このままだと部は解体になるぞ」

「あんなやり方でなくても、他に手はあるはずです。それに毎日怒鳴られて、いいアイデアが出ると思いますか？　みんな精神的に追い詰められています」

「これは遊びじゃないんだ。死ぬ気でやらなきゃ生き残れないンだぞ。それにあれぐらいのことで。私の若いときと比べれば――」

話している途中、波多課長はあきらめたような顔で立ち上がった。

「とにかく私の部下だけでもチームから撤収させます。もう何もしないでください」

彼女はそう言い放つと、部屋を出て行った。

ひとりで考えたいと屋上に来た。

波多課長が私を差しおいて「撤収させる」と言ったのは、よほどの覚悟があってのことだと思う。それだけ戦力がひとりでも欠けると厳しい状況なのだろう。

私がやったことは、そんなに負担になっていたのだろうか……。

いくら育ってきた時代が違うといっても、私も通ってきた道だ。野崎が人一倍弱かったとしか思えない……。

だが、大切な部下が倒れたことはショックだった。波多課長にはっきり言われてついムキになったが、私の管理体制が間違っていたということかもしれない。

「悩ンどるなぁ」

聞き覚えのある声が後ろからした。嫌な予感がして振り返ると、カタルシスが立っていた。最悪なことにまたサングラスをかけ、金属バットを肩に担いでいる。あの、恐怖の夜を思い出した……。

「な、なんで……」。後ずさりしながら、それだけ言うのが精いっぱいだった。

「アンタこういうの好きなンやろ？　みんなにも同じようにしごいてるやん」

そう言いながらカタルシスは私の胸ぐらをつかむと、またすごい力でガクガクと揺さぶってきた。そしてそのまま尋常じゃない力で、私を軽々と持ち上げた。

「今日から毎日、このモードで行くで」

「ち、ちがう、こんなんじゃない！　これはただの暴力だ！」

首を絞められながらも何とかそれだけを叫ぶと、カタルシスが手を離した。バランスを崩し、尻もちをついてしまった。カタルシスはサングラスを外し、私を見下ろしている。

「アンタがいまウチを恐怖に感じとるンと同じように、みんなもアンタが怖いンやで。アンタのしとることはウチと同じ、ただ暴力振るっとるだけや」

ハッとした。私のやっていたことは、暴力と同じ……。

「人の育つ環境はそれぞれや。しごかれてこなかった子が毎日怒鳴られるンは、恐怖以外の何物でもないで。しかもアンタは部長や。勇気出そうとしても逆らえへんしな」

「……」

何も言えなかった。私はそんなにひどいことをしていたのか……。


どれぐらい時間が経っただろう。

しばらく沈んでいると、カタルシスがとなりに座ってきた。

「波多課長が言うてた〝追い詰められるといいアイデアが出えへん〟って、当たってるンやで。人はストレスを感じると、**ノルアドレナリン**をバンバン出すようにできてるからな」

「ノルアドレナリン？」

「危険な状態と闘う脳内物質のことや。危険（ストレス）を察知すると、『恐怖』や『不安』といった感情を出して正しい判断に導くンや。例えば、包丁持った通り魔がアンタの前に現れたとする。そんとき恐怖も不安もなんも感じへんと、逃げへんわな。刺されて殺されるだけやん。不安や恐怖はマイナスの感情と思われがちやけど、生き延びるための大事な感情なんや。その感情を生み出すんが、ノルアドレナリンなンやで」

「不安や恐怖……、そうか。……だから出すぎはダメなんだ」

「そや。出すぎるちゅうことは、毎日ストレスにさらされとる状態や。ノルアドレナリンの興奮作用が制御不能になって、パニックになるンや。それに働き過ぎの状態で毎日怒鳴られてみぃ。誰だって病ンでまうわ。ノルアドレナリンが暴走しまくって、心のバランスが取れなくなるンやで。アンタも経験あるやろ？」

私は高校時代最後の試合を思い出していた。高３の夏、甲子園出場をかけた県大会の決勝戦。９回の表、きっちり送りバントをしなければならないのに、うまく打球を殺せずダブルプレイ。

ベンチに戻った私が監督に怒鳴られたのは言うまでもない。それでも９回裏の守備でライトをそのまま守らせてもらえた私は、どうにか甲子園でもレギュラーで出場せねばと気負っていた。

ツーアウト、ランナー二、三塁。次の打者の打球がフラフラっとこちら側へ向かってきたとき、私はすべてを忘れて前へとダッシュしていた。

セカンドが両手を上げて「オーライ」と捕球のアピールをしていたこと、近くを守るチームメートたちが「セカン！」と叫んでいたこと、何も見えても聞こえてもいなかった。

猛烈な衝撃で尻もちをついた私が次に見たのは、サヨナラのランナーがホームを駆け抜けた姿。私の夏は終わった――。

「……あの監督は、いまの私だ」

いや、私は監督以上に部下を怒鳴り続けていた。だから野崎は倒れた……。もう彼らの信頼を取り戻すのは難しいだろう。

だけどこの下半期の売り上げ次第で、本社からテコ入れが入る。せめてものお詫びに、彼らを何とか救いたいが――。

「アンタはちゃんと反省しとる。みんなにその気持ちが伝われば大丈夫や」

「それが一番難しいんだ。波多課長にも、何もするなと言われているし、彼女の協力がなければ、何もできない」

「それやったら彼女の心をつかめばええやン。ええか、これは**第二の指令**や。〝**波多課長**

**に謝り、腹を割って話すこと**〟や。女をバカにしとるアンタには難しいかもしれへんけどな」

「……耳が痛いな」

思い上がってあんな態度をとってきたのだ。彼女が私の話を、ちゃんと聞いてくれるとは思えない。

「女はな、脳の違いで男と比べて共感力が高いといわれとるンや。アンタがキチンと謝って、みんなをどうにかして助けたいちゅう思いを正直に話せば、きっと分かってくれンで」

「……そんな簡単にいくかな」

「ただ謝るだけじゃアカンねん。彼女が抱えとる仕事を手伝うンや。どんな小さな仕事もやで。それなら課長だけでなく他の部下とも関わるやろ。ここで出てくるのが、**オキシトシン**や」

オキシトシン？　また分からない単語が出てきた。

「オキシトシンはな、**人間関係を形成する重要なホルモン**なンや。信頼関係を強くして『愛』ちゅう状態を作ってくれるンやで。男女間や親子間だけやあらへん。一緒に何かを努力して成しとげる仲間でも、互いにオキシトシンが分泌されて結び付きが強くなるンや。同じ釜の飯を食う仲間は、絆が深くなるンやな」

「それなら分かる。野球部時代、ともに頑張ったチームメイトたちはいまでも宝物だ」

「それと同じや。アンタが一生懸命仕事を手伝えば、オキシトシンがバンバン出て絆が強くなる。部下の信頼を取りもどしたいなら、それしかないで」

「……」

私は黙ってうなずいた。

カタルシスの言い分は理にかなっている。彼女の言う通りになる自信はないが、やるしかないのだ。

カタルシスと別れた私は、まず野崎の見舞いに行った。

波多課長と話し合うのは明日の方がいいと、カタルシスと決めたのだ。いま、波多課長は怒りで論理的思考力が低下している。しかし時間をおくと必ず**セロトニン**が分泌され、**落ち着いてくる**そうだ。人が長時間怒り続けることができないのも、喧嘩のあと時間を置けというのも科学的に証明されていると、カタルシスは話してくれた。

病院の帰り…。

ベッドで寝ていた野崎は、私を見て青ざめていた。ただ、幸いなことにほかに悪いところは見つからず、3日ぐらいで退院できるとのことだった。

野崎には、そんなに怯えさせてすまなかったと頭を下げたが、会話はずっとギクシャクしたままだった。

信用してもらうには時間がかかる。私は覚悟をしていたつもりだったが、オフィスに帰ってもそれを実感した。手が空いていた私は部下たちに手伝うと声をかけたが、全員に遠慮されたのだ。私を見るとあからさまに逃げる部下もいた。

これも全部、自業自得だ。私は仕方なく承認（ハンコ押し）の仕事に戻った。

だけど机で単純作業をしていると、どうしても柚菜ちゃんが目に入ってくる。彼女は忙しく動き回っていたが、相変わらず私をまったく見ようともしない。

よっぽど怖がらせてしまったンだな……。

こんなときに考えることではないが、やっぱり彼女には謝っておきたかった。もう二度と連絡しないから安心してほしい、と伝えたかった。

カタルシスからは当分接近するなと言われていたが、勇気を出して声をかけようと思う。

彼女はいつも定時に上がる。そのぐらいの時間に、会社から少し離れた交差点の角で待ち構えていようと準備した。

交差点につき、私はビルの入り口付近に身を隠した。

しかしこうして若い女性を待っているというのは、自分でもどうかと思う。落ち着いて考えてみると彼女のＳＮＳを見ているのも、我ながら気持ちが悪い。

これじゃあ本当にただのストーカーだ。

いまさらながら帰ろうかと迷っていると、柚菜ちゃんが来た。疲れているのか元気のない顔でうつむいて歩いている。……やっぱり心配だ。

私は信号待ちをしている彼女を脅かさないように、後ろからさりげなく声をかけた。

「あ、安達さん。いま帰り？」。ものすごくぎこちない声が出た。

柚菜ちゃんがハッとした顔で振り向いた。

「偶然だねぇ。私もいま用事で――」

彼女は私が話し終わらないうちに、会釈をして早足で歩き出した。そんなに私のことが嫌いなのかと傷付くが、ここで柚菜ちゃんに謝らないと一生後悔する。

「待ってくれ！」。人前にもかかわらず、大きな声で引き止めた。

すると彼女は歩くのをやめ、おずおずと振り返ってくれた。

## カフェで。

いま、信じられないことに柚菜ちゃんと二人でカフェにいる。

あれから彼女に素直に謝り、怖がらせるつもりはなかったこと、もう連絡するつもりはないことも伝えてみた。

だけど柚菜ちゃんはやっぱり優しかった。私が何度も謝るとすぐ「気にしないでください」と、笑顔を見せてくれた。そして相談したいことがあると、この店を指定してきたのだ。オフィスに戻った私がすぐに帰る支度をし、この店に飛んできたのは言うまでもない。ここはひとつ、カタルシスに言われた大人の包容力を見せねばならない。

「相談って、何かあったの？」

「前に話した正社員試験のことなンですけど。私、やっぱり9月に受けようと思ってるンです」

「エッ、そんなに早く？」

驚いた。確かに毎月1回、正社員登用の試験は実施されている。ただ、受験資格のある契約社員は、勤続半年以上でそれなりの実績を上げていなければならない。彼女が受けるのは早すぎると思う。

私は彼女に何か理由があるのかと尋ねてみた。彼女は言いにくそうに、スプーンでコーヒーをかき回していたが、しばらくして重い口を開いた。

「……実は私の母、視覚障害者なンです。重い病気にかかってしまって――」

またまた驚いた。病名は濁していたが、お母さんは去年から具合が悪いらしい。そして障害年金は受給しているが、足りないと話してくれた。いまはお父さんと二人で、急に障害を抱えたお母さんの介助もしているらしい。だから疲れているのだと合点がいった。

それなのに、私は彼女が大変なときに、ひとりで浮かれていたのか……。

「知らなかったとはいえ、あんなメールを送ってしまって……」

「いえ、いいンです。それより私も余裕がなくてすみません。あんなひどい返事をしちゃったから申し訳なくて、つい避けちゃったンです」

そうだったのか！　てっきり嫌われてしまったと思っていたが、私の勘違いだったのかぁー。これはまだチャンスがあるぞと、思わず顔がにやけてしまう。

「お願いがあります。部長の推薦がほしいンです」

「――あ、そうだよね。相談だったよね」

いきなり直球でお願いをされて、我に返った。推薦するということは実績に対する評価がほしいということだ。しかし、まだ雑用しか任せていない彼女には何もないのだ。

私だって柚菜ちゃんの力になりたいが、嘘の評価をつけるわけにはいかない。

そんなことをすれば、他の契約社員にも示しがつかないし……。

悩んでいたのが顔に出ていたのだろう。彼女が慌てて口を開いた。

「誤解しないでください。何もしないで推薦がほしいンじゃないンです。私も下半期の企画出したいなって……。できれば部長のチームに入れてほしいンです」

「えっ……、チ、チームね……」

どうしてこのタイミングなんだ……。でもいずれ知られることだと、私は重い口を開いた。

「……ごめん。まだみんなに言ってないけど、チームは解散するつもりなんだ。でも波多課長にはちゃんと伝えておくから、安心してほしい」

身から出たサビとはいえ、胸をはって「任せとけ」と言えない自分が情けなかった。

## 自宅。

今日一日で、本当にいろいろあった。

家に帰ってきた私は風呂に入り、いま、リビングでグッタリしている。

あれから柚菜ちゃんと少しだけ話した。彼女は波多課長が苦手らしく企画の仕事をもらえるかどうか不安がっている。男には分かりづらいが、女性同士いろいろあるらしい。

私の方からもちゃんとお願いすると約束したが、波多課長が契約社員の立ち位置をどう思っているのかが分からない。明日の話し合いしだいだがやはり私も現場にかかわって、苦労している柚菜ちゃんを助けたかった。


「アンタ、利用されとんのと違う?」

いきなりカタルシスが声をかけてきた。いまは羊の姿に戻っている。

「なにが?」と聞くと、私のとなりに座ってきた。ソファに腰かける羊とはどこかシュールだ。

「柚菜ちゃんのことや。タイミング良すぎると思わへん?」

「もしかして、また?」

うんざりした声を出してみせたが、カタルシスは「見とったわ」と涼しい顔をしている。

「ウソついとるとまでは言わんけどな。アンタが女慣れしてないことを見抜いとるで。ホンマは実績なくても推薦状ほしかったンやと思うわ。舐められとるンやで、アンタ。せやからウチは――」

「彼女はそんな子じゃない!」

私はカタルシスの言葉をさえぎり、部屋を出た。あの歳で障害のある母親の介助をしているのだ。本当に良い子だと思う。

あの子のためにも、また現場で頑張りたい。

私は明日の作戦を練るために書斎に入った。追いかけてきたカタルシスが、ドアの前で「話を最後まで聞かへんなら、もう知らんからな!」と怒鳴っているが、いまは相手をしている場合ではないのだ。

## 翌日。

ヨガを終え出社した私はさっそく波多課長をつかまえた。

最初、時間を作ってほしいとお願いしたときは露骨に嫌な顔をされたが、素直に謝ると意外そうな顔をして、すぐに話し合いの時間を作ってくれた。

私たちはいま、会議室にいる。カタルシスの指令通り、腹を割ってすべてを話したつもりだ。

「そうですか。業績を上げても、もう本社に戻れないって……。それなのに私……」

「いや、いいんだ。言わなかった私も悪いから」

「私の仕事まで手伝いたいって、何でそこまでしてくれるンですか？」

「……最初は本社の連中を見返したい気持ちもあった。でも、いま一番引っかかっているのは、やっぱり野崎のことだな」

「……」

「正直に話すと、かなり落ち込んだよ。自分は管理職失格だって。部下のためになんていって、負担が全然分かっていなかったからな。ただ、ずっと考えて答えが分かったンだ。やっぱりみんなのために動きたいって。だからこの部を絶対に救ってみせるつもりだ」

「部長……」

「でもそれには自分が変わらないといけない。昨日までの私じゃあ、誰もついてこないし。だから成長したところを早くみんなに見せたいンだ。だったらみんなのためにもなるし、仕事を手伝ったほうがいいだろ？」

「……そこまで考えてくれたンですね。驚きました」

はじめて波多課長が笑顔を見せた。どうやら私の思いが伝わったようだ。

柚菜ちゃんの件も話してみた。彼女の名前はあえて出さずに、下半期の企画は契約社員を含む部全体で出し合おうと提案したのだ。企画書の締切は6月。

それなら『ぱくおん！』が終わったあとでも、十分間に合う。

そう話し終えると波多課長は「いいアイデアだ」と前向きな検討を約束してくれた。

女性の共感力が高いというのは本当だった。あんなに私に辛辣だった波多課長が、歩み寄ってくれたのだ。まぁ、まだ様子見の段階だろうとは思う。これからの私しだいだ。台なしにならないように頑張ろうと気合いを入れた。

そして私と波多課長は会議室を出てオフィスに向かっている。さっそく今日から彼女の仕事を手伝うことになったのだ。

「遠慮なくビシバシいきますからね。覚悟してくださいよ」

波多課長が楽しそうに話しかけてきた。

「ああ、何でも言ってくれ」

そして
20日後…。

「……最初はキツイかもしれませんよ?」

多分、部下たちの私に対する反発を言っているのだろう。彼女はオフィスの扉の前で止まると、心配そうに私の顔を見上げていた。

そう言われると、かなり心配になってきた……。緊張してないといえばウソになる。

でも、自分のケツは自分で拭かなきゃならない。あの試合のときと違い、失敗を取り戻す時間は、まだあるのだから——。

「いいよ。思う存分叩いてくれ」

私は、満面の笑顔で答えた。どんなに叩かれてもいい。互いに切磋琢磨して、**オキシトシン**をバンバン出してやる。

私は力を入れ、扉を開いた。


忙しすぎてあっという間だったが、やっと大詰めを迎えることができた。細部まで詰め、最終価格も決まった。パンフレットも完成したし、あとは予測よりどのくらい売上げを伸ばせるかにかかっている。

でも今日ぐらいゆっくりしようと、久しぶりに外でランチを食べてきた。

いまは会社のリフレッシュルームでコーヒーを飲んでいる。私はボーッとしながら、この20日間の仕事を思い出していた。

まず、最初に分かったことは、うちの現場の厳しさだ。

『ぱくおん！』の案件だけでも、人手がまったく足りていなかった。

急ごしらえで組んだツアーということもあるが、ホテルとの交渉、価格の最終決定、パンフレットの仕上がり確認などやらないといけない仕事は山ほどあった。本社にいたときも忙しかったがあちらは大所帯だったため、何とか回っていたのだ。手伝っていなければ、みんなの大変さをいまでも理解していなかったと思う。

そしてなんとあの野崎と一緒に、アニメの聖地・静岡県の富士まで出張した日もあった。はじめ野崎は私と行くのを嫌がっていたが、良い交渉の材料があると打ち明けると、しぶしぶながらも同行してくれたのだ。

ホテル側はギリギリまで宿泊代の値上げを要求してきた。もうこの時期なら他の宿泊施設はおさえられないだろうと踏んでいたようだ。

私は本社時代の名刺を武器に交渉に臨んだ。予想通り、私が本社の社員を紹介すると掛け合うと、ホテル側は値上げを撤回してきた。一緒にいた野崎は驚いていたが、これは私の力ではなく本社の名前で通ったのだと教えておいた。

設立から6年目の我が社は、まだまだネームバリューが低い。だから私がいる間は、思う存分本社の名前を使えとも伝えておいた。29年も奉仕したのだから、利用できるところはフルに活用させてもらう。

出張中、一番良かったことは野崎とゆっくり話せたことだ。彼は他の社員の仕事に対するスタンスも教えてくれた。おかげで若手連中のことはだいぶ理解できたと思う。

野崎はHPだけでなく、SNSも駆使して宣伝するべきだと私に伝えてきた。いまの若い子はイン〇タやツ〇ッターを駆使し情報を集めて広げると教えられ、すぐにうちの部の公式も作ったのだ。まぁ、実際動いてくれたのは野崎だが。

そういえば柚菜ちゃんもよく使っていたな……。不思議なことに、この20日間は、まったく彼女のSNSを見ていなかった。気にならないということではなく、仕事に集中していたのが良かったのかもしれない。

彼女はパンフレット担当だった。忙しい合間をぬって、広告代理店の打ち合わせも行ってくれた。気になっていた波多課長ともうまくいっているみたいだし、『ぱくおん！』がひと段落したら、さっそく冬の商品の企画を考えてもらおうと思っている。

それにしてもカタルシスは本当にすごい。私は彼女の指令通り**オキシトシン**をフル活用して、みんなを手伝った。その結果、チームワークは良くなり私も頼られるようになってきた。どれもこれもカタルシスのおかげだとしみじみ思う。

あれからカタルシスは特に文句を言うこともなく、指令を出すこともなかった。ただ、相変わらず世話もしてくれるし、ひとまず仕事に関してはこれで良いということなのだろう。そんなことを考えているときだった。

「いた！　部長、ちょっと来てください！」

血相を変えた波多課長が急に入ってきた。よく見ると、柚菜ちゃんも一緒だ。柚菜ちゃんは怒って泣きだしそうな顔で私を見ている。

悪い予感しかしない……。


３人で会議室に移動した。

私の予感は的中していた。『ぱくおん！』ツアーのパンフレットの仕上がり確認で、価格が間違えて記載されているのが発覚したのだった。

急いで確認すると東京発の価格が『２３００円～３４００円』で記載されているが、正しくは『２３０００円～３４０００円』。０がひとつ足りない。

状況は非常にマズい……。パンフレットは明後日には配送されてしまう。

配布先は主に東京とその近郊の映画館だ。近ごろはネットでの宣伝が中心で、パンフレットやチラシの部数も減ってきている。だが、今回は映画のタイアップで、少なくとも10万部は刷っているはずだった。

だが、10万部を刷り直す時間もないし予算もない。思わず頭を抱えてしまった。

「部長、私はちゃんと2回確認しました！　本当にその数字だったンです」

「そんな数字、書くわけないでしょ。書いたとしても確認したときに気が付かなかったの？　どっちにしろ、あなたのミスじゃない！」

私は「分かったから」と二人をなだめた。彼女たちは会議室に入ってからお互いにミスをなすりつけあっているのだ。

いまはそれよりも誤表記の問題を解決しなければならない。なんといっても映画とのタイアップなのだ。映画会社に広告代理店にと、たくさんの企業がからンでいる。どうにかしないと、非常にヤバい。私もへたすれば更迭、もしくは地方の系列会社に飛ばされてしまう。

「でも数字をメモ書きでよこしてきたのは課長です。どうしてメールにしなかったンですか？　その時点で課長のミスだと思います！」

「あんたみたいな人を盗人猛々しいっていうのよ！　よくも上司の私に――」

女性二人はずっと大声を出して喧嘩をしている。これではいつまで経っても、問題を話し合えない。

私はマンション理事会での会議を思い出した。あのときも女性たちの勝手なおしゃべりでちっとも進まずイライラしたが、いまはまったくイラついてはいない。危機的状況に不安感は大いにあるが、不思議と頭は冴えている。これがカタルシスが話していた、**ノルアドレナリン**の効果かもしれない。

だが、このままだとダメだ――。私は立ち上がると思いっきり、

**パンッ！**

と自分の手を打った。案の定、女性たちは驚いた顔で私を見ている。

よし、注目は集まった。あとは協力してもらうため、腹を割って自分の気持ちを話すだけだ。

「責任は全部私がとる！　いまは問題解決に協力してくれ！」。私は深々と頭を下げた。

「もうみんなで協力して貼っていくしかないですよ」

「10万部あるンだぞ。無理に決まっている」

「発送を遅らせることはできないンですか？」

いま、集まるだけの部下を集めて会議を開いている。

みんな、いろいろ考えてくれて、先ほどから意見が飛び交っている。

しかしいまのところ、自分たちで適正価格を印字して、パンフレットに貼っていくしかないという意見が多い。だが、どう考えても不可能だ。交代でやっても動ける部下は常時5人くらいしかおさえられない。10万部なんて、到底無理だ。

パンフレットは明後日の朝、集配業者が取りにきて一斉に発送される予定だ。

パンフレットの配布日はネットで宣伝しているし、もし遅らせるなら映画館を取り仕切る会社に連絡を入れなくてはならない。

そうなると、上にバレるのは時間の問題だった。

「ホームページに訂正文を載せるだけじゃダメなんですかね？」

「だから、上層部にバレたら困るだろ？」

イカン……。さっきから出てくる意見が堂々巡りになっている。

開始からまだ1時間も経っていないが、みな連日の激務で疲れているのだ。SNSに公式の訂正文を上げることも考えた。拡散作用があるのでホームページより観覧する人は多いだろう。でも、その分役員に知られるのも早い……。

こんなときにカタルシスがいてくれたらなぁ。いや、頼るのはダメだ。ここは冷静に考えなければ。


「あの……、上にバレても要は話題になればいいンですよね？」

顔を上げると野崎が手を上げていた。

「どういう意味だ？」

「ＳＮＳで面白おかしく失敗を書けば、拡散する人も増えて話題になりますよ。そうなったらネットニュースでも取り上げられて、売上も伸びるンじゃないでしょうか」

売り上げが伸びる……。

「――それだ！」。私はさっそく行動に移った。


オフィスに戻ると、さっそくＳＮＳの文面を考えた。

『イイネ！』と拡散数を増やすため、１日に何度もアップすることにした。

みな、自分の席で、そのための面白い文面を考えてくれている。

私ももちろん考えているが『面白くてウケる』ものと言われてしまうと、筆が止まってしまう。それに私の文章はどうも固いような気がする。

悩みながら書いていると野崎が３つほどできたといって持って来てくれた。

「なにこれ？」

まったく意味が分からない。

「面白いと思ってくれるかどうかは、人によるので分かりません。でもネット民ならみんな知ってるネタですよ」

野崎がそうフォローしてくれた。

そうなのか。私は柚菜ちゃんのアカウントぐらいしか見てなかった。だから若い人の感性が分からないンだな。

(…… きこえますか… きこえますか… みなさん… 私は今… みなさんの心に… 直接…呼びかけています……ぱくおん！ツアーは…２４００円でもなく… ３４００円でもなく……２４０００円なのです……３４０００円なのです…２４０００円から…３４０００円なのです……)

ワイ失敗したｗｗｗ値段間違えたｗｗｗｗｗｗこのままだとフルボッコｗｗｗｗｗｗｗ正しくは２４０００円～３４０００円ｗｗｗオワタすぎて草生えるンゴねぇｗｗｗｗｗｗｗｗｗ

はげるわー。価格間違えてのせちゃった。よき休日なのにえらいオジさんから怒られたまる。マジ卍。

考えていると野崎がまた、助言をくれた。

「部長のいまの本音を全部書けばいいンです。カッコつけないでぶっちゃけちゃいましょう」

「そうか。それでいいのか」

ネットでも本心を書けということだろう。私は他人のSNSを参考にし、開き直って2つほど書いてみた。


ドキドキしながらみんなに見せると、意外にも好評価だった。他の部下たちもいくつも文章を考えてくれたから、何とかなりそうだ。

「そうだ！　部長をうちの部の公式キャラクターにしませんか？」

文章を笑いながら読んでいた波多課長が声を上げた。

「エッ！　本気？」

「はい。部長ってよく見ると愛嬌ある顔なンですよ。困った顔作ってアップしたら、絶対ウケると思います」


**「俺が責任を取る」なんてカッコいいこと言っちゃったけどさ、飛ばされたくないし更迭されたくないし、ぶっちゃけ役員になりたいし焼肉食いたいし女にモテたい！**

**オッス！　オラ部長　パンフレットの価格間違えてっぞ！　オラ更迭されたくねえ！　お前たちの拡散力を見せてくれ！！　期待してっぞ！**

「それならキャラクター名も考えましょう！」

若い連中がワイワイ騒ぎだした。やめてほしかったが、こうなると止まらない……。

ああ、カタルシスにこの場を見てもらいたかったなぁ……。

あいつのことだから、もしかしたら見ているかもしれないけど……。


私のキャラクター名は『カニおじさん』になった。

いや、知ってたけどね。みんなが裏で『カニ』って呼んでるの……。

そして私の変顔（？）も数枚撮り、アプリで加工し、文章とともにアップ。あとはどれだけ反響があるかだ。みんな祈るように、スマホの画面を見つめている。

「部長、ちょっといいですか？　波多課長もお願いします」

柚菜ちゃんから声をかけられた。また思い詰めた顔をしている。

別室に移った。先ほどから柚菜ちゃんはうつむき、黙ったままだ。

私と波多課長は、彼女が話し出すのを見守っている状態だ。彼女が泣き出したらどうしようと、ドキドキしている。

しばらくすると柚菜ちゃんは、決心したように顔を上げ、

「ウソついてました。あの間違えは波多課長じゃなくて私です」

私は波多課長と思わず目を合わせた。

「……どういうことか説明できるかな？」

「どうしても正社員になりたくて。ここでミスしたら、部長が推薦書いてくれないンじゃないかって」

柚菜ちゃんはそれを言うと「ごめんなさい」とポロポロと涙をこぼした。

私がどうしたらいいか分からずにうろたえてると、波多課長が優しく彼女の背中をさすっている。こういうときの女性は、本当に頼りになる。

柚菜ちゃんは泣きながら話を続けた。

「私のせいなのに、みんなあんなに頑張ってて。私、本当に申し訳なくて。こんなにひどいことして、辞めなくちゃいけないって考えてるンです」

辞める！　そこまで思い詰めているのか。

「いや、こんなことで辞めなくていいよ。ミスなんか誰だってするから」

そうなぐさめたが、柚菜ちゃんは泣きながら「それだけじゃない」とつぶやいた。私は続きの言葉を待ったが、彼女はハンカチを口に当てて押し黙ってしまった。

さらに深刻な事実があるのかもしれない。仕事上のミスならいくらでも挽回できる。でも彼女の私生活で何かあったのなら大変だ。もしかすると母親の容体が急変したのか――。

「母の障害も、ウソなンです」

「え？」

このことを知らない波多課長は戸惑った顔で、我々の顔を交互に見ている。

「あれは母じゃなくて親戚の話です。あのとき、なんで早く正社員になりたいのって部長に聞かれて、何て言えばいいか分からくなっちゃって。同情を買えば早く推薦状を書いてくれるかもって、とっさにウソを……」

そういえば、あのとき言いにくそうにしていた。

「……本当はなんでなのかな？　君の本心を教えてほしい」

なんでウソをついてまで早く正社員になりたかったのか、知りたかった。

泣きやんだ彼女は、ポツリポツリと話しだした。

「やっぱり契約社員だと違うンです。やりたい仕事は正社員が持ってっちゃうし。それに前の会社で派遣やってたときに思ったンです。正社員じゃないと、扱いが軽いしバカにされるって。保障だって違う。それに早くやりたい仕事につけるから」

前の会社で相当嫌な思いをしたらしい。ウチの会社でもいろいろあるのかもしれない。

波多課長を見ると、うんうんとうなずきながら彼女の話を聞いている。

「でも良かったー。大したことなくて」

私はわざと大きな声で、明るく言ってみた。柚菜ちゃんは少しビックリしたような顔で戸惑っている。

「いやさ、もしかしてお母さんの具合が急変したンじゃないかって、心配したんだよ。ホント、大したことじゃなくて良かったぁ」

「でも――」

「はい！　この話は終わり！　会社も辞めることないからな！」

「部長……」

私は彼女を安心させるために、「大丈夫！」と肩を軽く叩いた。


柚菜ちゃんは思いとどまったようだ。泣きやむと涙を拭いてくると化粧室に行った。

私と波多課長は残り、契約社員の扱いについて少し話している。

「私は分け隔てなく接しているつもりでした。でも安達さんからみたら、違うのかもしれません。もともと、みんなに厳しくしてますけど、彼女からみたら自分だけって思う場面もあったかもしれない」

波多課長はそう話すと眼鏡を外し、ハンカチで拭き始めた。

ドキッとした。長いまつげの輝く瞳に吸い込まれそうになった。

「私、今回のことでホントに部長を見直しました」

「エッ！　あ、いや、そんなことない。まだまだダメな部長だよ」

急に話しかけられて、焦ってしまった。どうやら見惚れていたらしい。

彼女は立ち上がると「今度、ご飯にでも誘ってください」と、早足で部屋を出て行った。

（え……もしかしてモテてる？　……いや、それはないな）

また、思い上がるとこだった。それよりもいまは、ＳＮＳの反響を気にしなければいけない。私はだらしなくゆるんだ自分の頬を叩き、オフィスに戻った。

## そして夜。

家に帰るとカタルシスが風呂敷に荷物をまとめていた。

「あれ、どこか行くの？」

「次の森林さんのとこや。急がんと、スケジュール詰まっとるからな」

「エッ？　でもまだ何にも結果出してないぞ」

「アンタは、もう大丈夫や。**ドーパミン、セロトニン、ノルアドレナリン、オキシトシン、**

全部フル活用して部の危機を救ったンやから。ひとりでやれると分かっとったから、途中で放っておいたんや」

「でも、見てくれてたんだろ？」

カタルシスは「そやで」と立ち上がると、やれやれとソファに座った。

「柚菜ちゃんへの想いはしぼむと思っとったで。ドーパミンの興奮作用は勘違い起こすことあるからなぁ。それにウチの言った通りやったろ。あの子は悪い子じゃあらへんけど、アンタを利用すると思うてたわ」。柚菜ちゃんのことを言われ、思わず苦笑いした。

「病気の件はまったく分からなかったけど、利用されてるのはうっすら気付いていたよ。でもまぁ、自分の部下だし信じようって思った。想いのほうは……。そうだなぁ、落ち着いたのかな。しぼんだかどうかはまだ分かんないけど」

「そんなら、波多課長どうするん？　彼女からもなンやら言われとったやん」

「え、あ、いや、どうするも何も、あんなの社交辞令に決まってるだろ」

彼女が私を異性として見ることはないだろう……、たぶん。

「まぁ、でも、これも全部、カタルシスの——」

顔を上げたらとなりに座っていたはずのカタルシスが消えていた。風呂敷も消えている。

そしてカタルシスが座っていたところに1枚の紙が残されていた。

もう森林さんとこに行ったったらしい。カタルシスが去っていくのは寂しいが、同じマンションだし会うこともあるだろう。それよりも、あの騒がしいカタルシスが現れたら、光代さんも美帆さんも大変だろう。つい想像して少し笑ってしまった。

**それから1週間。**

我が部の公式アカウントはネットの反響がすごく、アップするたび『イイネ！』と拡散数が増え、気が付けば最高4万件までふくれ上がっていた。

そして『カニおじさん』はキモくて可愛いと女子高生から人気があるらしい。応援してくれるメッセージも増え、ついにはネットニュースでも取り上げられた。

おかげで『ぱくおん！』聖地巡礼ツアーの売り上げが予想以上に上がり、私は首の皮がつながったどころか、今度役員から表彰されることになった。

これもカタルシスと部下たちのおかげだ。前の私の苦しみを考えると、信じられないくらい充実している。みんなもイキイキと仕事をしているし、この調子なら下半期の企画も良いのが出るンじゃないかと期待している。

そして今日は休日だが、実はこれから波多課長とランチに行く予定だ。

昇進試験の相談にのってくれと、彼女のほうから誘ってきたのだ。一瞬、期待したが、まぁ向こうは何も思っていないだろう。

家を出ようとしたらスマホが鳴った。波多課長からかと思い受信ボックスを開くと『安達柚菜』と名前が出ていた。

『お休み中、すみません。下半期の企画、いいアイデアが浮かびました。視覚障がいのあるお客様に特化した企画です。今度、相談にのってもらえますか？　ＰＳ・彼氏とは別れました。また、食事に誘ってください。　柚菜』

……エッ？

どうやら、人生初のモテ期がきたのかもしれない。

# CASE 2

# 遠距離恋愛・森林美帆の涙

同僚とのランチを断り、会社から少し離れていたが日比谷公園まで逃げてきた。ベンチに座り、バッグからスマホを出す。画面には満面の笑顔で私に抱きつく祐太が写っている。いまは彼を見ただけで涙がにじんできてしまう——。

婚約者である篠川祐太と私は、都内にある大手産業機器メーカーに勤めている。お互い別々の大学を卒業し、新卒で入社した同期だ。

入社当時から祐太は女子社員から人気があった。長身で目鼻立ちのハッキリとした端正な顔立ち。幼稚舎から慶応という華々しい経歴に加え、祐太の実家は、うちの会社でも扱っている大型コンプレッサーを海外に広く輸出する専門商社だ。どこからどうみても隙がないハイスペック男子だが、祐太はそれをまったく鼻にかけず、誰にでも優しく接していた。

そんな王子様みたいな祐太に、多くの女性が群がるのは当然だ。

新入社員から40過ぎのお局様まで、みんな事あるごとに何とか祐太に近づこうと躍起になっていた。

人気者の祐太が、なぜ私みたいな地味な女を選んだのかは分からない。取りたてて美人でもなく、年齢も来月で30だ。私より若くて可愛い子なんて彼の周りにはたくさんいる。

そんな祐太は、今年の1月から1年間だけの約束で、新しく工場を立ち上げるため長崎支社に異動になった。ゆくゆくは親の会社を継ぐ祐太が、勉強になるからと自ら手を挙げたのだ。そしていまはもう5月。数えて5カ間も遠距離恋愛をしていることになる。

私はすがるような気持ちで、LINEの画面を開いてみた。既読はついているが、やはり祐太からの返信はなかった。

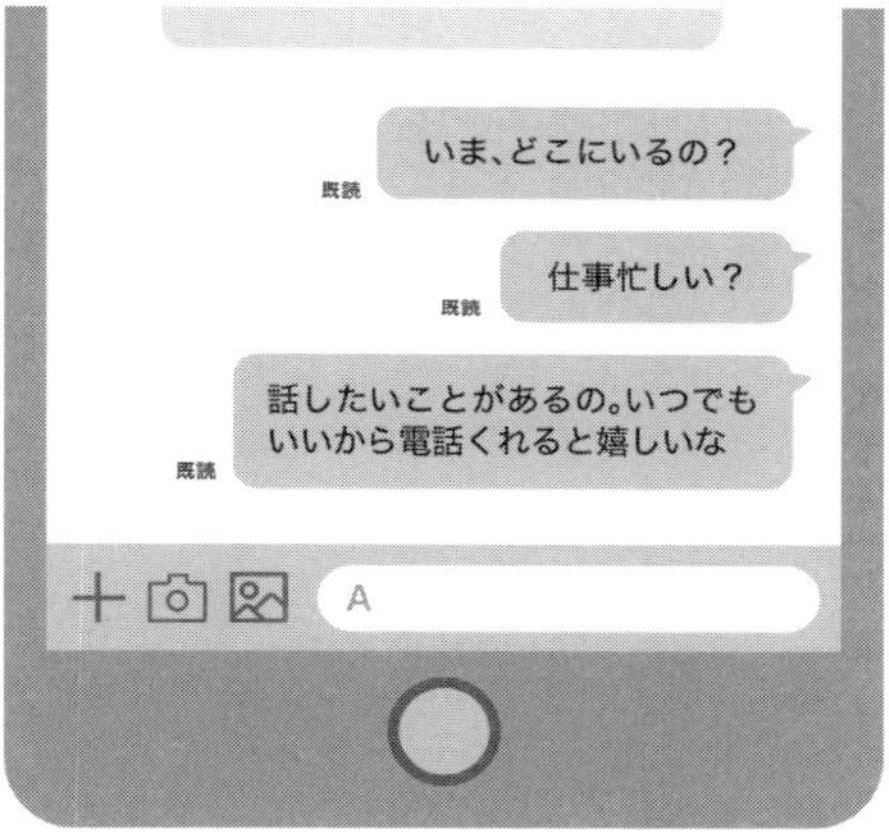


返事が来ないことが分かっていても、何度も同じようなメッセージを送ってしまう。そして電話をしても彼は一切、出てくれないのも分かっている。

（やっぱりあの日、会いにいかなければよかったの？）

祐太が東京に帰ってきたらすぐに式を挙げようと約束していた。だから最初の1カ月間は祐太も週末ごとに帰ってきては、私と一緒に式場の下見をしていた。

3月を過ぎたころ、私も年度末の決算で仕事が忙しくなり、長崎支社の工場設立も佳境を迎えていた。お互い多忙を極め、週末に会うことも難しくなっていたが、それでも私は祐太の体調を心配して毎日メッセージを送っていたのだ。

だけど、祐太からの返信は日に日に少なくなり、ついには3日経っても1週間が過ぎても、返事が来ない日が続いた。

私は居ても立ってもいられなくなり、4月のある日、祐太には内緒で長崎に向かった。その日は土曜日で休日だった。祐太が出かけていても、合鍵は貰ってある。いったん祐太の部屋に行き荷物を置いて、夕飯の材料を買い出しに行こう。そう考えながら彼の住むマンションへ向かうと、エントランスから女の子と手をつないだ祐太が出てきたのだった。

あの日、祐太に彼女のことを問い詰めたが、彼は決して口を割らなかった。

でも私は彼女を知っている。名前は戸川明香里。長崎支社の総務にいる子だ。

今月の社内報で知ったのだ。向こうの工場が立ち上がる記念に、長崎支社を特集した記事に彼女が載っていた。

祐太はモテるから、これからの長い結婚生活を考えると浮気の一度や二度は覚悟しているつもりだった。だけど、あんなに彼女をかばうということは、婚約者の私よりも大事にしているように見える。鳴らないスマホの画面には、仲が良かったころの私と祐太が写っているのに――。

「あれ、バカ林？」

「――は？」

聞き覚えのある声に、ハッと我に返った。顔を上げると、大大大っ嫌いな黒崎が目の前に立っている。ビジネスバッグを持っているところをみると、おそらく打ち合わせの帰りだろう。

（よりによって……なんでこいつに会うンだ！）

この男、黒崎雅史は開発部の技術職員だ。年次は私の３つ上の先輩にあたる。

そして『開発部のブレイン』という異名を持つ、非常に優秀な理系男子でもある。するどい切れ長の目に、冷酷そうな薄い唇。なかにはクールでカッコイイという人もいるが、私には理解できない。

黒崎はやたらオレ様で理屈っぽく必要以上に弁が立ち、超が付くほど嫌味ったらしい男なのだ。顔を合わせれば「バカ」とか「アホ」とか必ずムカッとすることを言ってくるので、こんなときじゃなくてもできるだけ会いたくなかった。

しかも今回は「バカ林」だとおお――。私の名前は「森林」だ！　許せん！

「何してんだ？　あれ、目赤いぞ」

「な、何でもないです！　つか、バカ林ってやめてくださいよ！」

バンッとスマホが下に落ちた。慌てて涙を拭こうとしたら、手がすべってしまった。

「おいおい、大丈夫か……おっ、これ王子様じゃん」

急いで拾おうとしたら、黒崎が先に拾ってしまった。

あー、やってしまった！　一番見られたくない奴に祐太との画像を見られてしまうとは……。案の定、奴はしたり顔でニヤついている。

「そうかそうか。痴話げんかで泣いてたのか」

「――違います！」

「いーよなぁ、バカップルは暇で」

頭にきた私は黒崎からスマホを奪い取ると、走ってその場を去った。しっぽを巻いて逃げるようで嫌だったが、一分一秒でもあの男の前にはいたくなかった。

情けない、会社にも公園にも居場所がないなんて。何をやってるんだろう、私は。

黒崎もそうだけど何も知らない会社の人たちは、私がいま幸せの絶頂にいると思っている。もしこのまま祐太から連絡がなかったら、どうなってしまうのか。

それにこの中途半端な状態ではどう説明していいかも分からない。富田林さんはカタルシスのおかげで上手くいった（?）と噂で聞いていたが、私はあれからカタルシスに会っていない。カタルシスは本当に来てくれるのだろうか。とめどもなく不安がつのる……。

私は少しでも払拭しようと路地裏に入った。今日こそ祐太が電話に出てくれるようにと願いを込め、発信ボタンを押した。ポロポロと涙がこぼれ、画面がぬれる。毎日泣きすぎて、涙なんて枯れ果てたと思っていたけれど——。

ドアホ！

アダッ！

いきなり後ろから誰かに頭を叩かれた。驚いて振り返ると、割烹着を着たオカンスタイルのカタルシスが腰に手を当て、仁王立ちしている。

「男はしつこく追ったらアカン！　恋愛ルールの基本やで！」

——もう、来るの遅いよおおお！

いきなりカタルシスが出てきてビックリしたが、私は彼女（？）に抱きつきおいおいと声を上げて泣いてしまった。

とても仕事なんかできないと午後は早退しようとしたが、「それは絶対アカン！」とカタルシスに止められた。

そして何とか定時に業務を終え、カタルシスの待つ家に帰ってきた。

最初、カタルシスのことをどう家族に紹介しようかと悩んだが、すでに彼女と母が先手を打っていた。カタルシスは母方の遠い親戚のオバ、「浄子《じょうこ》さん」という名前で、父と家の近所で恋人と同棲中の弟には連絡済みらしい。

だけど肝心の母親は、〝京さま〟に会いに友達と今日から二泊三日で群馬のホテルに行ったそうだ。娘の私が一大事なときにと呆れてしまうが、最近はいつも家にいないし、もう病気だと思ってあきらめることにした。

田舎から東京観光に出てきたカタルシスは母がいない間、家事をするかわりに我が家で連泊するというあらすじだ。
それによく考えてみれば、仕事人間の父はほとんど家にいなかった。朝早く出勤して深夜に帰ってくるから、ほぼ彼女に会うことはないだろう。現に今もまだ帰っていない。そして他人が家にいても、気にするような細かい性格ではなかった。

カタルシスはかいがいしく世話を焼いてくれた。動いていないと落ち着かないらしい。帰宅後すぐに美味しい夕飯もできていたし、リビングもきれいに片付いていた。でも何かとうるさく言ってくる。まるで本物のオカンのようだ。小言がなければ最高なんだけどなぁ。

食べ終わったら
皿を洗え！
自分の部屋の
掃除ぐらいしろ

しぶしぶ皿洗いをした後、私はソファで横になり、お煎餅を食べながらすっかりくつろいでいるカタルシスに、あのときの詳細を話すことになった。詳細が分からないと、具体的な指令が出せないらしい。思い出すと悲しくなるのが嫌だったが、仕方なく私はあのときのことを語った。

マンションから出てきた祐太と明香里を目撃した私は自分でもよく分からないが、あまりの衝撃からか思わず身を隠してしまった。

二人は楽しそうに微笑み合いながら歩いている。そっと気付かれないように尾行すると祐太が彼女の肩に手を回し、二人の顔が接近しようとしていた。


「ゆ、祐太！」


私は堪らなくなって、叫んで二人を止めた。声をかけられた祐太と明香里は、驚いた顔で私を見ていた。

すぐに二人に駆け寄った私は、「どういうこと？　だから最近、連絡くれないの？」と祐太を問い詰めた。すると祐太は気まずそうな顔で、黙っている明香里に何か耳打ちをした。たぶん、彼女は祐太から私という婚約者がいると聞いていたのだろう。明香里は悲しそうな顔で私に会釈すると、その場を立ち去ろうとした。

「ちょっと、待ちなさいよ！」

彼女を引き止めようとした私の腕をつかみ、祐太は止めた。

「ゴメン。場所を変えて、二人で話そう」

納得がいかなかったが祐太の真剣な目を見て、私は気を落ち着かせて話をすることにしたのだ。

祐太は私をマンションには連れて行かず、近場のコーヒーショップに入った。部屋にも入れて貰えないことに、私はだいぶ傷付いてしまったが……。

「新しい工場長と、意見が合わなくて揉めたことがあって……」

「……」

「そのとき、彼女がいろいろと力になってくれたンだ。お礼によく飲みに行くようになって、それで……」

私のときとまったく同じだった。私は、手伝うフリをして祐太を誘惑した明香里を憎んだ。祐太はお坊ちゃん育ちのせいか寂しがり屋なところもあるのだ。明香里はそれを見抜いて、祐太の弱さに付け込んだに違いない……。でも、決算期で忙しいからと、祐太を放っておいた私にも非がある……。

「ゴメン。全部、僕が悪いンだ」。祐太は私に頭を下げた。

私はまだ頭が混乱していたが、思い切って祐太に聞いてみた。

## 美帆の部屋。

「ねぇ、私と彼女、どっちが大事なの？」

「どっちも大事って言うか……」。祐太は小声で呟いた。

「じゃあ、いまのままで私と結婚するつもりなの？」

私は煮え切らない祐太の態度にイライラしたが、なるべく彼を追い詰めないようにソフトに語りかけたつもりだ。

「そうじゃない」。祐太は、意を決したように顔を上げた。

「いまはまだ決められないけど、美帆のことも大事に思ってるって分かってほしい」

「……」

「美帆との結婚もちゃんと考えてる。ただ、もう少しだけ時間がほしいンだ」

切羽詰まったような祐太の顔を見て、私は泣きながらうなずくしかなかった。それ以来、こちらから何度も祐太に連絡しても、祐太からの返事は一切なかったのだ。

「祐太と付き合って、何年になるンや？」と、カタルシスが起き上がった。

そして私は、いつの間にか彼女が出してくれたビール缶を2本も空けていた。

「1年半ぐらいかな」

「プロポーズされたんは、いつ？」

「長崎に行く前の日。もう、お互いの親も顔合わせ済み」

「あー、せやから祐太の**ドーパミン**が少なくなったンやな」

「ドーパミンって？」

カタルシスがドーパミンの説明を簡単にしてくれた。

目標に向かって努力を重ねそれが達成されると、**うれしさのあまり興奮や快感を覚える**。そのとき脳内ではドーパミンが分泌されている。そしてまたこの快感を得ようと、もっと**もっと頑張ろうと意欲を燃やす**のも、このドーパミンのおかげだそうだ。

ようは脳の中にある『**やる気スイッチ**』のようなものだと話してくれた。

「あとな、**男性ホルモンのテストステロンは、ドーパミンを生産する**働きもあるんやで。せやから男は、活力がみなぎって夢や目標を叶えたいって頑張る人が多いねん。あの強い性欲にも、関係しとるしな」

「でもそのドーパミンが、祐太の件と何の関係があるの？」

カタルシスは缶ビールのプルトップを、プシュッっと開けながら答えた。

「アンタの足りない頭でも分かるように、簡単に説明するわ。ドーパミンは恋愛にも関係してるんやで。祐太はアンタと婚約したことで、目的を達成したからドーパミンが出なくなった。まぁ、アンタとのことは安心して落ち着いたんやろ。で、離れとるうちにまた恋愛のターゲットになる明香里と出会うた。ほんでまた、祐太のドーパミンが活性化したンやろな。彼女を手に入れたいって」

「それって、つまり……」。嫌な予感がする。

「そうや。アンタに飽きたんやで。祐太のアンタに対するドーパミン的欲望は、なくなったからな。釣った魚にエサはやらないって、その通りやな」

「何それ！　ひどすぎるよ！」。カッと頭に血が上った。

祐太にというより、そんな酷いことを言うカタルシスの方に怒っていた。

「ウチに怒っても、しゃあないやろ。悪いのは祐太や」

「ワ、ワタシと祐太のことをよく知らないクセに、勝手なこと言わないでよ！」

祐太はカタルシスが言っているような悪い男じゃない。私は祐太と付き合った日から、プロポーズされた日々を思い返していた。

祐太と私は食品製造会社に産業機器を卸す営業部に所属している。営業といっても、仕事の大半は販売した機械の定期検査やメンテナンスの受付という、ノルマもない簡単なルーチンワークだ。

ただ、祐太は違った。他社が開発した食品用３Ｄプリンターを、うちの会社でもいち早く業務提供しようと誰よりも頑張っていたのだ。３Ｄプリンターが広まれば、いろいろな形のお菓子やパスタがすぐに作れる。お客様のオーダーがいつでも受けられると、上司や取引先にも猛プッシュをしていた。

私はそんな祐太の頑張りを見て、空いている時間に資料作りや役員へのプレゼンの用意も手伝っていたのだ。結果は、ダメだったが……。

役員からまだ導入するには早過ぎると回答をもらった日の夜、珍しく祐太が二人で残念会をやろうと声をかけてきた。食事中も落ち込んでいる祐太を励ましていた私は、２軒目に入ったＢＡＲで祐太から「付き合ってほしい」と告白されたのだ。

正直ビックリした。祐太の周りには、いつもきれいな女性がたくさんいたからだ。何で私なのと聞いたら「美帆はつらいとき、いつも一緒にいてくれた」「それに美帆はガツガツしてないし、一緒にいると自然体でいられるンだ」と、祐太は笑ってくれたのだ。

たしかに私は女として自信がないせいか、祐太のことを異性として意識したことがなかった。逆高嶺の花と言えばいいのか、まさか自分が王子様と付き合えるなんて夢にも思っていなかった。

そして長崎行きが決まった日に、祐太は私にプロポーズしてくれたのだ。

あの楽しかった日々を思い返すと、また涙があふれてくる――。

「せやけどそんな男、捨てたらええやん。〇ルゾンチエ子だっけ？　地球には三十五億人も、男がおるんやろ？」

「エエッ！！」

飲んでいたビールを吹き出しそうになった。あと、微妙に間違ってるし！

「ちょっと！　さっき全部話せば叶えてくれるって言ったよね？　恥を忍んで全部話したのに！！　祐太との仲を戻してくれないと、絶対許さないからね！！！」

酒の勢いに任せた私は、神様に向かって文句をマシンガンのようにぶつけてみた。もうこの際、バチが当たっても知らネ。

でもカタルシスの耳にはまったく入っていないようだ。さっきから腕を組んで、なんかブツブツつぶやいている。

「方針決まったで」。しばらくしてカタルシスが顔を上げた。

「ホント?」。私はすぐに彼女に駆け寄った。

「ただなアンタの場合は、ちょっとややこしいねん。難儀やしな。ウチもスケジュール詰まっとるから、駆け足でいかんと間に合わへん」

そう話すと、カタルシスは割烹着のポケットからスケジュール帳を出し「アンタが頑張らんと無理やな。女の子やから手加減せえへんとイケんしな」と、またブツブツ言い出した。

（スケジュールが詰まってるって、お母さんのことかな？）

寝耳に水だったが、母も父と別れたいと願っている。あれからいくら理由を聞いても、はっきりした答えが返ってこないけど……。いや、母のことも心配だが、とりあえずいまは自分のことだ。ここでカタルシスを逃すと後がない。私は彼女の横に座り強引に腕を組み「なんでもするから」と懇願した。

「ホンマに何でもする？　いばらの道かも分からへんで？」

カタルシスが疑いの眼差しで見てきた。

「するする！　何でもします！」

私が元気よく答えると、カタルシスは膝をパンッと叩き、立ち上がった。

「よっしゃ！　ほな、**第一の指令や！　今後一切、祐太に連絡しないこと！**」

**ハアアアアアアアアアアアアアアアアアアアアア？**

「そんなことしたら、私が不利です！　あの女に祐太を取られちゃう！」

「もうほぼ、取られてるやん」。爽やかにツッコミを入れられた。

「グッ……。い、いや、そうだけど……。祐太は寂しがり屋なんです！　付き合い始めたのだって、私がいつも祐太の仕事を手伝っていたからだし、仕事で疲れてるから励ましてあげないと」

「あんな、なんぼ電話やメールで連絡取っても、**オキシトシン**は出ぇへんねん」

オキシトシン?!　って何だっけ？

「オキシトシンは、脳の下垂体後葉から分泌されるホルモンのことや。アンタも家族や恋人に愛情を注いだり、信頼したりするやろ？　そういった人間関係を形成するのに影響を与える大切なホルモンなンや。だから、別名『愛情ホルモン』だとか『幸せホルモン』って呼ばれとるわ」

「か、下垂体……？」

「ああ、ややこしいことはええねん。ここで重要なんはな、オキシトシンは互いの肌と肌が触れ合うことで増えるんや。赤ちゃんがおる母親を見てみ。毎日、赤ちゃんを大切に世話しとることでオキシトシンがぎょうさん出とる。だから母親と子どもの絆って深いやろ？　母は強しってよく言ったもんやで」

カタルシスは腕を組んで　ウンウンと満足そうに頷いている。

「だから、電話やメールだとオキシトシンは出ないのかぁ……。あっ！　じゃあ、私が毎週末、長崎に行けばいいんだ！　お金は厳しいけど、貯金もまだあるし！」

「ドアホ！」

「グハッ！」

またカタルシスに頭をドつかれた。

「そないなことしたら逆効果やって言うたやろ！」

「だってさっき、肌と肌で触れ合えって……」

カタルシスは、ハァっとため息をつくと、やれやれといった表情で、またベッドに横になった。しかもブバッと豪快にオナラを出して「ないわー」とお尻をボリボリかいているし……。

「あんなぁ、祐太と明香里の状況を考えてみいや。あの二人は毎日イチャイチャして、オキシトシンが出まくっとるンやで。いま、あの二人の愛情はピークや」

ワナワナと震えてきた。怒りで震えるってこんな感じなんだ。

「ちょっと！　さっきから言おうと思ってたンだけど」

「なんや？」

「本当、デリカシーないよね！　私が傷付くこと、全然考えてないでしょ?!」

「だって事実やもん。傷付くほうが可笑しいねんわ。これやから人間は、面倒臭いんよ。もっと事実を客観的に見ないとダメやで」

言い返そうとしたらスマホが鳴った。イライラしながらスマホを見ると、画面には『**篠川祐太**』の名前が出ていた。

エッ、祐太から！　信じられない！

「――祐太から電話！　ほら、見てよ！」

私はカタルシスの考えが間違っている証拠としてスマホを見せた。祐太はやっぱり、私のことをちゃんと考えてくれている！　天にも昇るような気持ちだった。

でもカタルシスは「早よ、出なさいよ。切れても知らへんよ」と、余裕たっぷりでニヤニヤ笑っている。私は、カタルシスの考えを否定するためにも、少し緊張していたがすぐに電話に出た。

「もしもし、祐太？」

「美帆、いきなり電話してゴメン……」

「ううん、大丈夫だよ。それより連絡くれて、ありがとう。ＬＩＮＥ見てくれたンだね」

私は努めて、明るく可愛い声で話した。

「実は、その事なんだけど……」。祐太が、言いにくそうな声で話す。

「しばらくＬＩＮＥも電話も、やめてほしいンだ。仕事も忙しいし、見てる暇ないから」

「えっ、でも……」

「用事があったら、こっちからかけるから……。正直、美帆の気持ちが重すぎる……。普通、一日に何度も連絡しないだろ？　何回も連絡貰うと、めげてくるっていうか……」

ショックのあまり、思わずカタルシスを見た。彼女に救ってほしかったのかもしれない。

でもカタルシスは祐太の言い分が分かるといった感じで、ウンウンとうなずいている。

「それは祐太が悪いからでしょ！　私に隠れてあんな女と、会ってたからじゃない！」

しまった。思わず叫んでしまった。カタルシスは起き上がり、感心したように拍手している。見せもんじゃないっつーの！

「美帆だって、連絡もなしに勝手に来ただろ！　そんなことされたら、こっちだってドン引きだよ！　監視されてるみたいでさ、たまったもんじゃないよ。お願いだから、もう連絡しないでくれ」

いきなり電話が切れた。ツーツーと通話が切れた音だけが響いている。私はスマホを持ちながら、ただ茫然とするしかなかった。

## 翌日。

早朝、カタルシスに叩き起こされた。昨日は泣きながら飲み過ぎて、いつの間にか床の上で寝てしまったらしい。身体じゅう痛いし、まぶたが重い……。

そういえば昨日の夜、**セロトニン**を出すために**太陽の下でウォーキングをしろ**と、**第二の指令**が出ていた。

セロトニンという脳内物質は**心を落ち着かせて安定させる**大事な作用があるらしい。不足すると心や自律神経のバランスが崩れ、姿勢、顔つき、見た目も悪くなると話していた。

私はいま、セロトニンが不足している状態で、これが続くと最悪『うつ状態』や『うつ病』になってしまう可能性もあるそうだ。

昨日のことを考えると、とても出かける気分ではなかったが、カタルシスに「行けば逆転できる」と説得され、私は出かける準備をした。

「ええか、今日から3カ月は続けなアカンで」

私たちはいま、近所の公園に来ている。カタルシスはかなり厳しい。ただ歩くだけなのかと思ったら時速5～6キロで30分歩けだの、腹式呼吸での「二呼二吸式」、つまり「ハッハ、スースー」をくり返しながら歩けだの、けっこう慣れないと難しいことも要求してきた。

ひとしきり歩いたあと、私たちは休憩しようとベンチに座った。カタルシスはいま、私が買ったドリンクを奪って飲んでいる。もったいないから自分では買わないそうだ。そんなケチな神様っている？

「昨日、アンタが祐太に怒ったことも、祐太が逆切れしたことも、全部脳科学で説明できんねんで」。カタルシスがおもむろに口を開いた。

「例えば？」

「アンタがとうとう切れたンは、明香里のこともあるんやけど、祐太に対して、こないに苦しンどるのに何で分かってくれへんの？って怒りの『**ノルアドレナリン**』が噴出したからや」

「ノルアドレナリンって、それもどこかで、聞いたことがある」

「ノルアドレナリンは、ストレスに対して闘う興奮物質やで。脳全体をホットな覚醒に導いて、正しい判断力をつけるンよ。古代から人間が危険を乗り越え生き延びてきたンも、このノルアドレナリンのおかげやねん」

エッ？　でも私、間違った判断したよね？？

「そや。ここがくせもんなンやけど、アンタみたいに毎日悩み過ぎて、ストレス過剰な状態やと、ノルアドレナリンが出過ぎて興奮がコントロールできなくなるンや。セロトニンも少なくなっとったし、制御不能になったわけやな」

「ああ、それで怒りが抑えられなくなったンだ……」

「せやけどアンタ、ずっと我慢してたやろ？　たまにはストレス発散で怒りをぶちまけたほうがええで。ウチはあれで正解やったと思うわ」

「そうかな……激しく後悔してるけど……」

「あと祐太もな。アンタから毎日何回もメールがきて、自分が責められとると感じたンやろな。だから脳が危険を察知し、ノルアドレナリンが活性化して爆発したんやろ。それに祐太と明香里はいま、最高に愛情が高まっとる。二人ともアンタのことを敵だと認識して、ますます燃え上がっとる状態や。『ロミオとジュリエット効果』って知っとる？　『怒りの情動』と『恋愛の情動』は似てるとこがあんねんなぁ」

また、彼女にハッキリと嫌な現実を突き付けられた。本当にやる気をなくす。

でもコイツに文句言ってもムダだ。それにカタルシスの言うことは、悔しいけど全部当たっていると思う……。

「せやから第一の指令で、もう連絡するな言うたんや。いまアンタが祐太にバンバン連絡入れるのは逆効果やねん。もっとあの二人の絆が強うなる」

「じゃあ、やっぱりもうダメじゃん！　私、この1カ月で数えきれないくらい連絡しちゃったよ！」

それにもう、連絡も取れないし会いにもいけない。これでは何もやりようがない。向こうはお互いに触れ合ってオキシトシン、バンバン出して会っているのに！

「いや、まだ十分、可能性はあんねん」

カタルシスはまた私の飲み物を奪い取ってゴクゴク飲んだ。つか、自分で買えや！

そして「そや！　ええこと思いついたわ！」と、いきなり立ち上がると私に「スマホ貸してや」と、ニコニコと笑いかけてきた。

ものすごく嫌な予感がしたが、「貸さへんかったらジ・エンドやで」と、脅され仕方なくスマホを渡した。

カタルシスは「これで逆転サヨナラホームランや！」と、何やら打っている。打ってる間、私は何とかしてのぞき込もうとしたが、ボクサー顔負けのフットワークで素早く避けられてしまった。なにこのムダにいい運動神経……。

「送信っと！」

戻ってきたカタルシスは、私に送信先と内容を見せた。

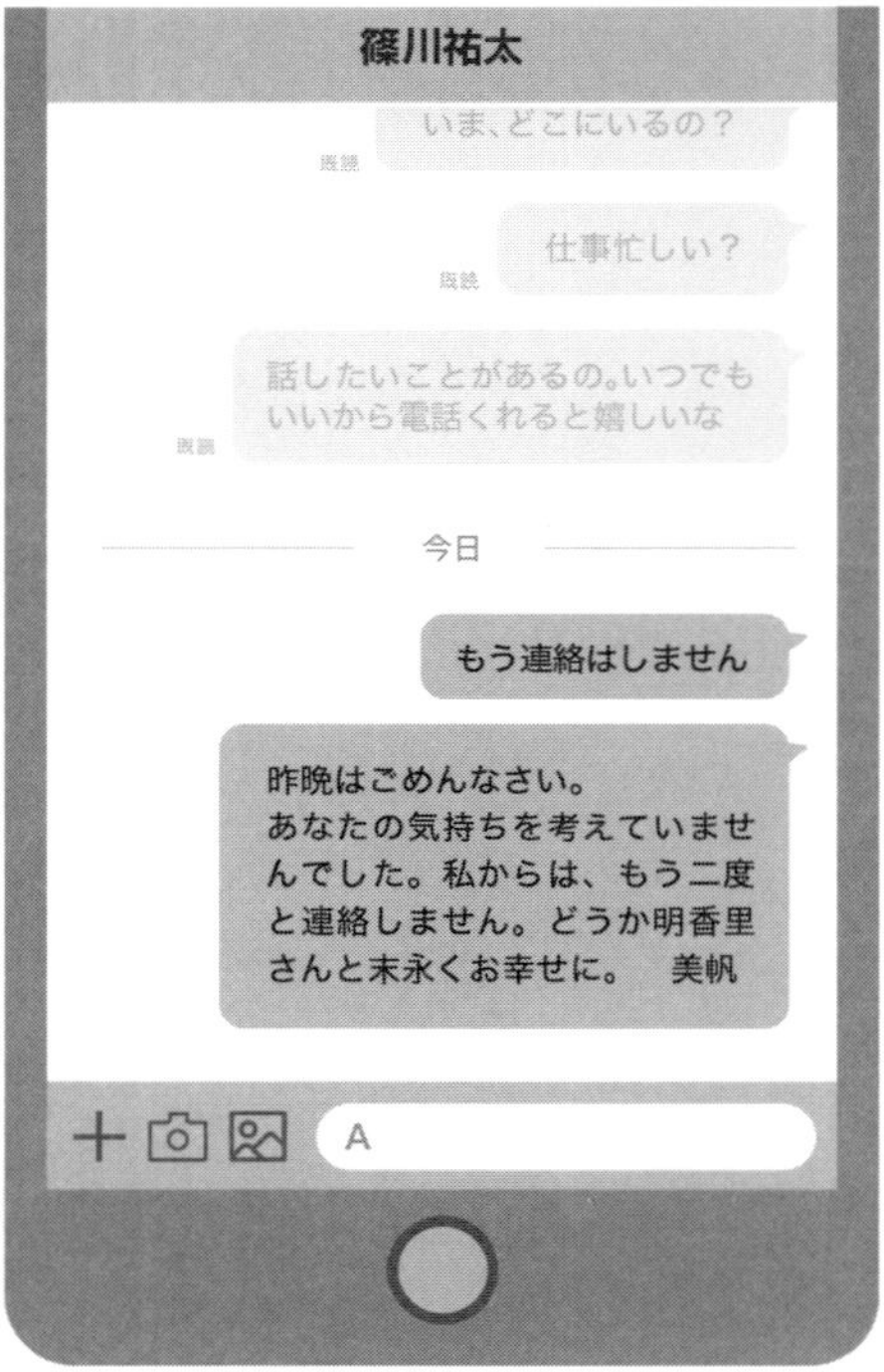

**NOOOOOOOOOOOOOOOOOO!!!!!!**


「どや？　ええやろ？」。カタルシスは、なぜか自信満々に胸を張っている。

「おのれは、何てことをしてくれたんじゃああああああ！！！！！」

私は彼女の首を絞め、力の限り揺さぶった。これじゃあ、本当に終わっちゃったよ！

「お、落ち着いて、話を聞いて！」

おー、聞いてやろうじゃねーか。私はカタルシスの首から手を離した。

「あー、死ぬかと思ったわ。神様だから死なんけど……。あんなぁ、ウチはこのメールで、祐太の**ドーパミン**を活性化しようとしてるんや」

「ドーパミン？　なんで、逆効果じゃないの？」

カタルシスは人さし指を立て、ドヤ顔でチッチッチと言っている。微妙にイラつくのはなんでだろう？

「去り際のキレイな女は、男の心に残るンよ。そんでな、しばらくしたら気になってくるンや。未練や、これが未練ちゅうもんやで。そしたらしめたもんや。祐太のあの性格なら、またアンタを取り戻そうと、ドーパミン、ドバドバ出すで」

「でも……そうじゃない場合もあるでしょ？　私には、このまま祐太と明香里がうまくいくとしか思えないよ。私のところになんか……」

悔しいけれど明香里は私よりも可愛いし、入社3年目だから私より若い。これといって取り柄のない私のことを、祐太が引きずるとは思えない。

「大丈夫や。魅力なんかこれからいくらでも作れんで。ええ女になって、祐太を見返してやり」

出た。失恋したときに、オバちゃんがよく使う慰めの言葉。

「どうせ、もっとちゃんと化粧しろとか、お洒落になれとか言うンでしょ？」

「そないなこと、どうでもええねん。**第三の指令**はな、**〝祐太ができひんかったことを成し遂げること〟**や」

さらっと急に指令が出たが、私は意味が分からずポカンとした。

## 月曜日。

休日が終わり、私は早朝の運動をこなしたあと会社に出勤した。あれからカタルシスが出した第三の指令について考えてみたが、いまいちピンと来ていない。

祐太のできなかったことといえば、食品用３Ｄプリンターのことしか思いつかない。忙しく家事をするカタルシスにそのことを話してみたが、彼女は「アンタがそう思うならそうやろな」と、相手にされなかった。

私は昔からどうしてもこれをやりたい、と思う仕事がない。この会社に決めたのも、事務より営業の方がいろんな人に会えて楽しそうだと単純に考えたからだ。社会人になったいまでも営業職なんて会社によって扱う商品が違うだけで、相手先に売り込む行為はどこも大して変わらないと思っている。まぁ、うちの課はノルマがない分、他と比べてとても楽なのだが。

私が所属する第三営業課は、主にお菓子とパスタの製造機器を扱っている。販売先は大手食品会社が多く、新商品開発の段階で先方と新しい機械の打ち合わせ（概要を聞いて先方からもらった設計の仕様図を貰ってくるだけ）と開発（ほぼ、開発部に仕様書と仕様図を持っていくだけ）を請け負う仕事のため、販売ノルマというものが存在しないのだ。

その他は、機械の定期検査やメンテナンスの受付業務だ。だから第三営業課は他部署から陰で「子どもの使い課」通称「ガキツ課」と、どこかのバラエティー番組と同じ呼び名でバカにされている。

私は何と言われようと、この『ぬるま湯』のような環境をとても気に入っているが、祐太はその汚名をどうにか返上しようとしていたのだ。

思い出すとまた涙が……。でも、こんなんじゃダメだ。

私は自分の考えを振り払い、これから取引先に持って行く定期検査の結果を知らせるための資料を準備した。すると『タイショー製菓』用の検査結果表が手元にないことに気が付いた。開発部からまだ私のところに、書類が届いていないみたいだ。

(タイショー製菓って……。ゲッ！　あの黒崎！)

月曜日から、さらにドンヨリする……。しかもこの前、泣いているところを見られた。祐太とのことを勘づいたかもしれないのに……。


しかし、そうも言っていられない私は、黒崎のいる開発二課のドアを叩いた。

部屋に入ると男しかいない二課の部屋は、よく分からない機械の部品といままでの実験データが入っていると思われるCD-Rや書類が乱雑に置かれ、相変わらずひどい状態だ。

もっとも、新しい機械を開発する広い研究室はまた別な階にあるのだが、ここはいわば、二課の技術職員が書類をまとめる用の自席と、不要になった部品やデータ類を保管(?)する物置部屋のような所だと、私は勝手に思っている。

その散らかった部屋の中で、唯一きれいに整理整頓されている机が奴の席だ。

黒崎はまだ午前中だというのに、一心不乱にＰＣに何やらデータを打ち込んでいる。

私は嫌な気持ちをおさえ、黒崎に努めて明るく声をかけた。

「黒崎さん、先ほど電話した書類なんですが」

「あっち」

黒崎はタイピングの動きを止めず、不機嫌そうに顎で書類の在りかを指した。

よかった。いつも通りのファッキンクズ男だ。まぁ、私のことなんか気にしないよねぇ。

私は書類を探した。そしてよく見ると長机の上の山積みされた資料の間に、私が担当している会社の書類が入った箱が置いてある。

箱には大きな字で**『ガキツ課　森林（バカ）専用』**と書かれている。


**バカ専用？！　ふざけんなっ！！！**


頭にきた私は、抗議の意味を込めて、箱ごと黒崎の席にドカっと置いた。

「ちょっと、いい加減にしてくださいよ！　何ですか、この小学生みたいな嫌がらせは！」

「お前、鶴田食品への納期、また先方の言い分通り勝手に早めただろ？」

ギク！

「いや、でも営業といたしましては、お客様の希望を優先して……」

ようやくこちらに振り返った黒崎は、冷たく蔑んだような目で私に言った。

「森林、ちゃんと先方のことを考えて仕事してるか？」

「してる……、つもりですけど」

「納期を早めることが、必ずしも先方にとって良いことばかりじゃない。この箱持ち帰って、ノータリンな頭でよく考えてみろ」

黒崎はそう言うとまた私に背を向け、仕事を再開した。

タイショー製菓に定期検査の結果を持参した私は、先方に結果を説明している最中にも、黒崎が言った「納期を早めることが、必ずしも先方にとって良いことばかりじゃない」という言葉を思い返していた。あれから自分の席に戻り、もう一度鶴田食品の仕様書を読み直してみると、黒崎の言った通りこのまま製造機の完成を早めるとロクに試験データが取れず、かえって先方に迷惑がかかってしまう可能性が高かった。

「もっとお客様のことを考えて仕事しろ」という黒崎の言い分はもっともだ。いまは3Dプリンターのことより、お客様のためになるように仕事をするのが先だと反省している。

(でも、このルーチンワークの繰り返しで何ができるンだろう……)

とりあえず問題がないことを説明した私は、帰りにタイショー製菓の企画開発部に顔を出し、ダメ元で商品開発上、困っていることはないか尋ねてみた。

「困ってること? うーん、やっぱり機械導入の予算かなぁ。3Dプリンターをうちも入れたいンだけど、まだ高くてね」

「――こちらでもオーダーメイドの商品を考えているンですか?」

驚いた。タイショー製菓もだ。まぁ、それだけこの業界では3Dプリンターが求められているのだろう。

「そう。ウチみたいな中小企業だとねぇ。大手と違ったサービスをしないと、この先マズイから」

タイショー製菓は、主に贈答用のチョコやクッキーなどの焼き菓子を製造している会社だ。もし3Dプリンターが導入できれば、すぐにお客様の希望通りのデザインのお菓子が提供できる。他社より早く導入できれば、ヒット作品になるかもしれない。

「それ、ぜひウチで検討させてください！」

思い切ってお願いしてみた。

「エッ？！」

先方は驚いていたが、ぜひやってほしいと返事をもらった。

でも、あの頑張り屋の祐太でさえ、役員を説得できなかったのだ。いまの私ができるかどうかはわからない。でもお客様のためにも、そしてあの黒崎の嫌味野郎を見返すためにも私は挑戦してみようと心に決めた。

## 夜。

家に帰り、夕飯を作っているカタルシスに簡単に経緯を説明した。

「そら、お客様のためにもなるし、ちょうど良かったな。うまいことといくようキバんねんで」

「でも、少し心配なンだよね……。祐太が気を悪くしないかなって」

「だからええンやって。祐太がアンタをライバルと認識すれば、ドーパミンぎょうさん出すやろ。その、何チャラゆうプリンターがうまくいけば、祐太はアンタのことが気になって気になって、しゃあない状態になるんや。未練との相乗効果で、絶対に祐太の方から、近づいて来るわ」

「ふーん。そんなもんかなぁ……」

## 3週間後。

それからの3週間、私は動けるだけ動いてみた。共同開発になるインター・シェフという会社にも足を運び、ものすごく嫌だったが黒崎にも頭を下げ、従来の3Dプリンターの不明点、改良点などは把握できたつもりだ。それにあの黒崎が「面白そうだ」と、なんと機械の部品で削れる箇所まで簡単に考案してくれたのだ。おかけで予算も何とかタイショー製菓の提示する金額内に収まりそうだった。

しかし私はまだ、第一関門となる開発部の部長をうならせる企画書を作成できずにいた。旅行からとっくに帰っている母にも心配されたが、いまもオフィスにひとりで残り企画書を書いている。

でもいくら調べてもウンウン唸って企画書にまとめてみても、当時祐太が作成した物と同じような内容になってしまう。これでは絶対、開発部長を説得できない。

(最後の手段、黒崎しかいない。でもなぁ……)

今回のことで分かったが、黒崎は3Dプリンターの開発に興味深々だ。「奴は面白そうな企画なら必ずのってくる」という上司からの助言は当たっていた。

だから頼めば協力してくれるとは思う。きっと素晴らしい企画書ができるだろう。

でもまた、あの鬼の皮をかぶった悪魔に頭を下げるのが嫌だった。しかしこれではいつまでたっても企画書はできない……。タイショー製菓の企画部長からも「期待している」と、わざわざねぎらいの電話までもらってしまっていた。

あきらめた私は重い腰を上げ、開発二課を訪ねた。

相変わらず忙しそうにしていた黒崎だったが、私が企画書を持って来たと話すと、すぐに飛びついてきた。

そしていま、黒崎は私の前で書類に目を通している。この間がひどく緊張する。黒崎から出ている見えない圧迫感が、本当に苦手だ……。

（ああ、どうか神様、黒崎からバカとかアホとか罵られませんように……。いや、それよりも、どうかこの企画を気に入ってくれますように……）

私は静寂に耐えられず、目をギュッとつぶって神様に祈った。

でもいつも思うンだけど、こんなときに祈る神様って誰なンだろう？　ブッダ？　キリスト？　それともゼウスかなぁ……。

「お前にしては、ちゃんと書けてるな」

急に黒崎の声がして、私は慌てて目を開けた。すると黒崎は呆れた顔で、私を見ていた。

「なに、もしかして立ったまま寝てたの？」

「エッ、あ、いや、最近ちょっと寝不足だからかなぁ……、なんて」

とりあえず笑ってごまかした。黒崎に嫌味を言われるかなと一瞬心配したが、意外にも黒崎は納得したようにうなずいている。

「まぁ、ここ何カ月も頑張ってるからなぁ。みんなが帰ったあとも、ひとり残ってやってンだろ？」

な、何でフロアの違う黒崎が、残業のこと知ってるの？？

「いや、お前が残ってること、開発では有名だよ。いつも夜遅くに『アー』とか『ウー』とか唸り声が聞こえてくるって。最初は幽霊かと思った奴がいたけど、勇気を出して覗いてみたら、犯人は森林だったって」

「ウソッ！　私、声出して唸ってました？」

黒崎は手で口をおさえ、笑いを堪えるようにうなずいている。

えー、私よく頭を抱えて唸っているけど、声に出してるとは思わなかったよ！　教えてよ、誰か！

黒崎はひとしきり笑ったあと「そうだ、お前飯食ったか？　まだなら一緒にどうだ？」

と誘ってきた。

「あー、そういえばまだで……。エッ！」

あの黒崎から誘われている?！　いや、どうせ行っても私を罵倒するに違いない。よし、ここはきっぱり断ろう。

「いえ、私まだお腹減ってないので――」

そのとき、私のお腹が盛大に『グー』と鳴った。黒崎はお腹を抱えて爆笑している。クソー、来世では必ず見返してやる！　しかも、もういまさら断れないよ！

観念した私はものすごく嫌だったが、この男と食事に行くことにした。


黒崎おすすめの美味しい定食屋があると、少し歩いて有楽町まで来た。大衆居酒屋と定食屋をミックスしたような古いお店は、残業帰りかと思われるサラリーマンのオっちゃんたちでいっぱいだ。

私たちはテーブル席に座り、黒崎がからあげ定食、私が塩じゃけ定食を頼んだ。先に出てきた塩じゃけは焼きたてのせいか油がジュワジュワ〜と出て、とても美味しそうだ。しかし黒崎は、さっきから黙って私の企画書ばかり読んでいる。この調子だと、これからどんな辛辣な言葉が出てくる分からない……。

早く黒崎のから揚げ来て！　ようやく回復してきた食欲も半減しちゃうよ！

「３Ｄプリンターが宇宙食につながるとか言われても、いまいちピンとこないんだよな」

やっと黒崎が口を開いた。

「……そうですよね。資料書いてる私も、いまいちピンときてないというか」

「まずは、役員の心をつかむようなプレゼンを考えないとな……」と、黒崎は腕を組んで考え込んでいる。

部長と役員と同じような歳の人を観察すればええのンちゃう？

どこかで聞いたような声にビックリして顔を上げると、目の前には店員を装ったカタルシスがいた。いや、よく見るといつもの割烹着姿に三角巾を頭に巻いているだけだった。
「から揚げ定食ね。お待ちどう」

「ちょ、ちょっとこんなとこで何してるの？」

「何って店員やん」

「なに、知り合い？」

黒崎も戸惑った顔で聞いてきた。どう答えようか迷っていると、カタルシスは「美帆のオバです。オバンです」とダジャレを言って黒崎と盛り上がっている。何だか頭がクラクラしてきた……。

「アンタらまだ若すぎるンや。あのオッちゃんたちの会話聞いてみい。入れ歯の話しとるで」

カタルシスが指をさしたオッちゃんたちの話を聞くと固いものが食べられないとか、インプラントがどうのとか話をしている。

私と黒崎は顔を見合わせうなずいた。周りにいるオッちゃんたちは50代から60代ぐらいだ。ちょうど役員たちと同じ年代だ。それにいまは超高齢化社会。見栄えのしない流動食も3Dプリンターを使えば、美味しそうに見えるかもしれない！

「分かったみたいやな。ほな、ウチはこれで――」

カタルシスはヒラヒラと手を振ると、長年の店員のように他のお客に笑顔を振りまきながら厨房へ消えていった。なんだったんだ、あれは……。

その後、カタルシスから「みんなを巻き込めば、成功する率が上がる」と助言された。企画に賛同してくる人が増えると上も動こうとするし、なんといっても早く祐太に伝わるとのことだった。

## 2週間後。

だからこの2週間は大変だった。私は他部署の人にも3Dプリンターの企画の協力を求め、それと並行して老人ホームを何軒も回ったのだ。

お年寄りたちに流動食についてのアンケートを取ると、みな口をそろえて言っていたのは『素っ気ない』『味気ない』という感想だ。なかには、豪華なステーキ肉や魚を、もう一度堪能したいという意見もあった。

歯が悪い方も多く、分厚い肉を噛みきって食べることはできない。でも例えばタルタルステーキのような食感で見た目をステーキ肉に近づけることは、3Dプリンターがあれば容易にできる。柔らかくても、美味しそうな肉や魚を食べれば『流動食だけじゃ力が出ない』と嘆いていたお年寄りも、元気になってくれると思う。

それに流動食について調べていくうちに、デンマークやオランダなどヨーロッパの諸外国では、お年寄り向けに専用の食品工場で3Dプリンターを使って作った食品をデリバリーするサービスも取り入れていることが分かった。このシステムを参考にすれば、きっと役員たちも納得してくれるだろう。

開発部長に提出する企画も大詰めを迎えていた。あれから驚くほど協力的になった黒崎はインター・シェフの担当者と打ち合わせを重ね、私はいまも自分の部屋で資料を作成している。

「アンタ最近、めっちゃ楽しそうやな」

作業中にカタルシスが話しかけてきた。

「分かる？　寝てなくても、全然平気なぐらい充実してるの」

「それ黒崎効果もあるンとちゃうか？　なんや最近仲良くしとるみたいやし」

「そ、それはあくまでも仕事のパートナーってだけで――」

ドキッとした。いつものようにカタルシスがからかってきただけなのに、何だかむやみに焦った。何とかごまかしたが、カタルシスはまだニヤニヤ笑っている……。

「まぁ、それは冗談や。知らんことを発見するンは楽しいからやな。アンタはいま、**ドーパミン**をぎょうさん出して、学習の喜びっちゅう快感をドンドン得たいと無意識に思っているンやで。ドーパミンのおかげで祐太との悩みも薄れとるしな。ストレスが軽減してセロトニンも、ちゃんと活性化されてるンやろなぁ」

たしかに祐太のことを決して忘れたわけではないが、仕事が面白くなるにつれ、私の悩みは薄れてきている。

「本当、ドーパミンのおかげだよね。通常の仕事も順調だし連絡が来てるンじゃないかって、スマホも見なくなったし」

「ただな、ドーパミンの過剰な分泌は要注意やねんで」とカタルシスが心配そうにつぶやいた。

「なんで？　良いことずくめじゃない」

「アンタは今、寝食を忘れて企画書作りに没頭しとるやろ？　それはドーパミンが過剰に出ている証拠や。でもな人間の身体ゆうンは、いつまでも無理はきかんのよ。アンタ、そのうち身体壊すで」

そう言われてみれば、このところロクに食事もとっていない。食べたとしても、カタルシスが作ってくれたサンドイッチやおにぎりを少しかじる程度だった。

「ドーパミンの過剰分泌は、ホンマ怖いンや。アンタはまだ仕事にのめり込む程度でマシやけど、簡単に快感を得ようとしてギャンブルや過食に走る人もおるンやで。まぁ、快感に対する執着やねんなぁ。それが続けば依存症になる。あ、執着と言えばアンタがさっき言うてたスマホばかり見とったってやつ、あれも執着のひとつやねん。安心感っていう快感を得ようと、祐太に執着しとったンやな」

「そうか……なんか全部、腑に落ちたよ」

脳科学で説明してもらうと、自分の行動の根拠が容易に理解できた。ただ、なるべく早く、このプレゼン資料を仕上げたいのも事実だ。ウカウカしていると、他社に抜かれるとも限らない。そう考えていると、スマホの呼出し音が鳴った。誰だろうと思い画面を見ると『**篠川祐太**』と名前が出ていた。


**えええええええええええええええええっ！**

**信じられない！　こんなに早く？！**


私は嬉しさと戸惑いが混じったような混乱した頭で、カタルシスを見た。カタルシスは早く出ろと、笑ってうながしてるようだ。

「……もしもし？」

極度に緊張しているのか、声が上ずってしまった。

「あ、美帆？　休んでるとこ、ゴメン」

「ううん。全然、大丈夫だよ。それより、どうしたの？」

なるべく優しい口調で尋ねてみた。

「美帆が3Dプリンターの件で、頑張ってるって聞いたからさ」

来た！　カタルシスの言った通りだ！　頑張って企画を広めてきたかいがあった！　カタルシスを見ると、彼女も嬉しそうな顔で頷いている。

「今週の水曜日、本社で会議があるンだ。一緒に、食事でもどうかなって思って」

祐太は遠慮がちに話していたが、私は天にも昇る気持ちで「ウンウン」と喜んでうなずいていた。あとは、祐太が丸の内のお店を夜7時に予約しておくと言って電話が切れた。

えーと、今日が月曜日だから……、水曜日って、明後日じゃん！

夢か現実かの区別がついていない私は、しばらくスマホを握りしめ、ボーッとしていた。

神様、お願いです。夢ならこのまま冷めないで……。

「夢ちゃうで」

カタルシスの言葉にハッと我に返った私は、気が付いたらカタルシスに抱きついていた。

「ありがとう！　……本当、感謝してもしきれないよ！」

「ホンマに良かったなぁ。じゃあ、**第四の指令**は決まったな！」

「へっ？」

第四の指令……？　もう祐太から連絡があったから終わりじゃないの？

私が不思議そうな顔をしていると、カタルシスは立ち上がり爽やかな顔でこう言った。

「アンタ、**他に男を作りなさい**」


**はいっ？！**


「ちょっと待って！　いまのは、私の聞き間違いだよね？？」

「ちゃうで。男を作るで合うとるで」

な、何か混乱してきた……。やっぱり何で他に男を作るのか、わけが分からない。

「黒崎にしぃや。あれでええわ」


**WHY、HOW、WHAT？　だからなんで黒崎が出てくるのよ！**


首こそ絞めなかったが、私はカタルシスに詰めよった。何でよりによってあの『黒崎』やねん！　私の嫌いな男ランキング第一位に輝くオレ様野郎だぞ！

そりゃあ、ここ何日かで黒崎のことを見直しているけどさ……。だからってすぐに祐太を忘れるような、私はそんな軽い女じゃないのだ！

「じゃあ聞くけど、アンタ黒崎以外に親しくしとる男、他におるの？」

「……いない」

貧弱な恋愛経験を晒しているみたいで、胸が痛い。

「ほな、決まりやね。祐太との食事のとき、黒崎も連れて行くといいねん」

「だ、だから、そもそも何で、他に男を作らないといけないの？」

そこが最大の謎だった。

祐太と上手くいきかけているのに、何でこの羊は邪魔をするンだ？

「あんなぁ、ここで祐太を安心させたらアカン。この女は、いつでも自分の自由になるってまた飽きんで。祐太みたいな恋多き男は、そういうところがあるンや。それにな、男性ホルモンの**テストステロン**は、狩猟本能を高めるって説もあんねん。だからモテる男は、追うより追わせるほうが**ドーパミン**がぎょうさん出て、より一層ええンやって」

「……」

「それにな、もし黒崎がライバルになれば、祐太は黒崎と闘ってアンタを勝ち取ろうとするンや。これが前に話した**ノルアドレナリン**の効果やな。それにウチが言っとんのは、ホンマに恋人を作れって意味やない。恋人のフリでええの。祐太の前で仲良うしとるところを、見せつけられればＯＫやねん」

カタルシスはまだ解説しようとしたが、耐え切れなくなった私は思わず立ち上がった。

「どないしてん？　急に」

「カタルシスの言い分は分かる。でも、何か嫌なの。駆け引きするのが」

「せやけどアンタ、祐太を取り戻すためなら、何でもするって言うたやん」

「言ったけど……。でも、そんな嘘ついてまで、祐太を取り戻して嬉しいのかなって。嘘ついて男がいるように見せるって、何かズルいような気がするンだよね。だから今回の指令は、ちょっと……」

「そんなならウチはもう知らん。勝手にしなさい」

カタルシスは私からプイッと顔をそむけて部屋を出て行った。怒り方までオカンのようで、ホント面倒くさい……。

でもやっぱり私はカタルシスの言う通りに動こうとは思えなかった。甘いと言われるかもしれないけれど、卑怯な手口だと考えてしまったのかもしれない。

それに私が誘っても、黒崎が来るとも思えないし……。

飲み物を取りに台所に行くと、カタルシスがリビングのソファに座りテレビを観ていた。

いつもなら大笑いしながら観てるのに、いまはずっとムスッとしている。

ハァ……、気まずい。私は冷蔵庫から飲み物を取ると「なぁ、気が引けるンは祐太と黒崎、どっちに遠慮しとるの？」と、急にカタルシスから質問された。

「エッ！　どういう意味？！」

動揺して聞き返したがカタルシスはニヤリと笑っただけで、先に部屋を出て行ってしまった。

なんなの、あの思わせぶりな態度！　もういい加減にして！

カタルシスのせいであれこれと考えてしまい、仕事がはかどらなくなった私はもう寝ようとベッドに入った。

目覚ましをかけるためにスマホを手に取ると、また祐太の顔が目に入った。

最近はまったくこの画像も意識してなかったが、あんなことを言われるとつい気にしてしまう。自分の想いが分からない私は、ホーム画面から祐太の画像を消した。


あっという間に水曜日。祐太が参加する会議は、10時からの予定だ。もしかしたら祐太がうちの部署に顔を出すかもしれないと、私はいつもよりも入念に化粧をして出社した。

そしていまは9時半だ。祐太はまだ来ていない。

落ち着きなく時計と入口を交互にみていると「何ソワソワしてンだ?」と、いきなり背後から声をかけられ、私は飛び上がるほど驚いた。振り向くと、いつの間に来たのか黒崎が立っている。そして「お前の口、やたら赤いぞ。何それ、血のり?」とからかってきた。

また、黒崎の口の悪さがさく裂しやがった!

「うるさいなぁ、放っといてくださいよ! これは、流行りの口紅なんですぅ。黒崎さんには、一生分かりませんよ」と、憎まれ口を叩いたところでハッとした。

祐太が入ってきたのだ。心臓がバクバクして冷や汗が出てきた。何も黒崎がいるときに入ってこなくてもいいのに。黒崎の方をチラッとみると、思った通り「あー、そういうことね」とニヤニヤ笑っている。

「王子様とデートだから、口が赤いンだな」

「違います! いまから落としてきます!」

私はなぜか分からないが黒崎の軽口に無性に腹が立って、洗面所に駆け込んだ。

黒崎にからかわれただけで、なんでこんなに無性に腹が立つンだろう。しかもせっかく祐太が来たのに、挨拶をするのも忘れていたことがショックだった。入ってきたときは緊張したけど、でもそれは祐太を見てドキドキしたわけではない……。

口紅を落としてオフィスに戻った。黒崎はもういなかったが、祐太は何やら深刻そうな顔で部長と話している。前の私だったら、祐太のことを心配しただろう。だけどいまは黒崎のことを気にしている。さっき私をからかってきたのは、私のことを何とも思っていない証拠だと思うだけで落ち込んでしまう。

（カタルシスの言う通り、黒崎にかたむいているのかもしれない。祐太は浮気したから、それで心が離れたのかも……。でもなぁ……）

いくら考えても答えは出なかった。私は自分の気持ちを一度棚上げして、祐太と約束した食事の時間までは忘れようと仕事に集中した。

開発部の部長に提出する食品用３Ｄプリンターの企画書の準備は着々と進んでいた。今日の午後、インター・シェフから改良を加えた設計図が届けば、明日には提出できる予定だ。しかし、夕方４時を過ぎても設計図は来ない。心配した私は急いで先方に電話をかけた。

「設計図の納品って金曜日ですよね？　日付も19日って書いてありますよ」

真っ青になった私は、自分のメールを開いて確認した。確かに私は19日と書いて送っている。17日と19日を、打ち間違えた単純なケアレスミスだ。社内のプレゼン用なンだから、部長に頭を下げて提出日をずらすと言う方法も頭をよぎる。でもそれは絶対に無理だとすぐに打ち消した。開発部の部長は気難しいことで有名で、こちらのミスで企画書の提出が遅れたことを知られたら、読んでもらえない可能性もあった。

（こんなときにカタルシスがいてくれたら――）

世話焼きのカタルシスは私を心配して、たびたび会社に顔を出していた。だけどいまは冷戦中だ。私が彼女の指令を聞かなかったから仕方ないけど、こんなときこそカタルシスに助けてもらいたかった。いまになって彼女のありがたみが分かったような気がする。だけど後悔しても始まらない。カタルシスがいないのであれば、自分でどうにかするしかない。いまやこのプロジェクトは大勢の社員から協力を得て、成り立っている。私ひとりの問題ではなくなっている。

私は先方に必死に頭を下げ、どうにか明日中には送ってほしいとお願いしたが、担当者には取り敢えず上に相談してから回答すると電話を切られた。

すぐさま、黒崎に事情を報告した私は、案の定、厳重注意を受けた。

「先方に送るメールは、必ず二度確認する。そんなの新人時代に習うことだろ」

「……はい」

黒崎に怒られてうなだれているのもあるが、私はそれよりも、いままで協力してくれたたくさんの人に迷惑をかけたことの方がつらかった。仕事では絶対に泣かないと決めていたが、どうしても涙がにじんできてしまう。

「……もういいよ。後はこっちで何とかするから」

黒崎は大きくため息をつくと私に背を向け、どこかに電話をかけ始めていた。


とうとう黒崎にも見放されてしまった――。

やっぱりこんな単純なミスをする私は、仕事に向いてないかもしれない……。そんなことを考えながら、重い足取りで祐太が予約してくれたレストランへ向かっていた。

あれからインター・シェフからの電話はなかった。担当者に私の携帯番号を伝えてあるから、間に合うようならすぐに連絡がくるはずだった。もしかすると黒崎が、自分に電話するように変更したのかもしれない。黒崎は私のことを心底、呆れていたのだ。私をこのプロジェクトから外したとしてもおかしくはない。

10分ほど遅れてレストランに到着した。先に来て待っていた祐太は、私を見つけると嬉しそうな顔で手を上げた。良かった、少しは元気になったみたいだ。

食事をしながら、最初は無難に世間話をしていた。お互いに遠慮があったと思う。でも、明るさを取り戻した祐太は、ワインも進み、段々と饒舌になっていった。私も酒の力で仕事を忘れ、祐太の冗談に笑うようになっていた。

「そういえば、3Dプリンターの企画、うまく行きそうなンだって？」

「う、うん……、まぁね」

「すごいよなぁ。いろんな人に協力を頼んだンだろ？　美帆がここまで活躍するって思ってなかったよ」

嬉しそうに笑う祐太を見て、私は今日、ミスをしたことを正直に話した。

「だから、私のせいでダメになるかもしれないの……」

「でもさ、たかだか開発部の部長だろ？　あんな奴の承認得なくたって、役員に認められればいいンだよ」

「そうだけど、祐太も分かってるでしょ？　部長が認めればすぐに開発部が動くって。開発部が動けば、役員も認めてくれる率が上がるって」

「さんざんやったからね。十分理解しているよ。でも、この企画自体が潰れちゃうほどの権限は、あの部長はもってないから」

それから祐太はかなりストレスが溜まっていたのか、部長の悪口を延々と語っていた。

あれ？　祐太ってこんな性格だっけ？　しばらく会ってないうちに、だいぶ変わったように思えた。

「それより長崎の工場は、うまく立ち上がりそう？」

私はさりげなく話題を変えてみた。すると祐太はフンっと鼻をならし、ワインを飲みほした。

「全然ダメ。新しい工場長が使えなくってさ。聞いてみたら、バブル入社だって。あの時代の社員は、仕事できない奴が多いンだよな」

今度は工場長の悪口が続いた。これでは赤ちょうちんでくだを巻いているオッちゃんたちとたいして変わらないのではないか。

「ねぇ祐太、いったいどうしちゃったの？　前はそんなに人の悪口なんか言ってなかったじゃない」

「そうだっけ？」。祐太はキョトンした顔で答えた。

「うん。長崎行ってだいぶ変わったよ。いろいろストレス抱えてるように見えるけど、大丈夫なの？」

　祐太はしばらく考えていたが、思い切ったように口を開いた。

「実は、今日ウチの部長に相談したンだ。来年の１月までの約束だったけど、早く東京に戻してほしいって」

「エッ……」

「そしたら、再来月には戻れるように手配するって言ってくれてさ」

　どうりでいまは明るいわけだ。祐太の親が経営する会社はウチの会社の取引先でもある。それで祐太はかなり優遇されていると思っていたが、まさかこんなわがままも聞いてくれるほど、親の力が強いとは考えてもみなかった。前の私だったら、そんなところに嫁入りできると優越感に浸っていたかもしれない。

「でも祐太がこっちに帰って来ると、その代わりに長崎行く人が出るよね？　途中で投げ出して、他の人に迷惑がかかると思わないの？」

「あと、たったの半年だよ。行ってもすぐ帰ってくるような感じじゃないかな」

「……」

　呆れているような表情が顔に出たのか、祐太は慌てて説明し出した。

「いや、もちろん、迷惑かけたって反省してる。だからその分、本社に戻ったら、バリバリ働こうと思うンだ」

「ふーん……。そうなんだ」

私は、かなり素っ気ない声を出していたと思う。

「美帆、ちゃんと聞いてほしい」

祐太はそういうと、いきなり手を握ってきた。そして、私の目をじっと見つめている。正直、イケメンな祐太からこんな風にされると、かなりドキッとする。

「僕だって、長崎で精いっぱい頑張ってきたンだ……」

伏し目がちで話す、祐太の長いまつ毛が目に入った。店内の薄暗くムードのあるライトに照らされ、高く美しい鼻筋にきれいな影を落としている。

「それでもうまくいかなかった……。一度くらいの失敗で、美帆は僕のことを判断するの？」

また、祐太に見つめられた。ホント、祐太は美形だ……。

でも、私は祐太の悪いところに気が付いてしまった。祐太はやる気も行動力もあるけれど、あきらめが早いのだ。嫌なことがあると、すぐにへそを曲げてあきらめてしまう。それに飽きるのが早いのかもしれない。どちらにしろ、それは女性関係も当てはまることなンだろうと思う。

なんてダメな男なんだろう……。

「ねぇ、彼女のことはどうするの?」

「うん……。別れるつもりで考えてる。僕には、美帆しかいないって気が付いたンだ」

「何で?　こっちに連れてくればいいじゃん」

祐太はとても意外そうな顔をした。そして「やっぱり、まだ怒ってるんだね……」と悲しそうにつぶやいた。

彼の手口が見えてきた私はもうすでに飽きていた。祐太は明香里にも私と別れるとか話していたンだろうなと、容易に想像できる。

私はもうここには用はないと帰り支度を始めた。

「エッ、なに、もう帰るの?」

「ゴメン。やらないといけない仕事があるの」

「こんな時間から?　それより今度いつ会えるの?」

私は祐太の質問を無視して行こうとしたが、すぐに引き返した。

「お互いの両親に、連絡いれないとダメだよね?」

目を輝かせた祐太は立ち上がり、身を乗り出して話し出した。

「そうそう、結婚式の準備も遅れてるし、心配かけてるしね」
「あ、違うから。私がしたいのは、婚約解消の報告だから」
「エエーッ」と驚く声を出した祐太を残し、私は急いで店を出た。

## 20時。

レストランを出たものの、どうしようか頭の中はグルグル回っていた。これから先方に電話をして何とか明日の会議までに仕上げてもらうことはできないか。とにかく懸命に頭を下げよう。ダメだと言われてもインター・シェフまで直接乗り込んでみよう。

一刻も早く電話をしなければと、急いで通話ボタンを押した。

「申し訳ございませんが、ただいまの時間は受付時間外となっております――」

繋がったが、営業時間外のアナウンスが流れた。遅かったか……。いや、アナウンスは時間通り流れても、まだ会社にいるかもしれない。それに担当者じゃなくても他に設計図を描ける人なら誰でもいい。私のこの強引な行為は会社でも問題になるだろう。でも、あきらめたくなかった。あきらめたら祐太と同じになってしまう。ずっと一緒に頑張ってきた黒崎だって、がっかりするに違いない。

大通りに出た私はタクシーを拾おうとしたが、捕まらなかった。いまは一分一秒でも惜しい。私は東京駅まで全力で走った。

毎日ウォーキングしているとはいえ、走るのは久しぶりだ。息が上がって苦しい。でも、やっと駅の改札口が見えてきた。私はホッとして走りながらバッグから定期入れを出そうとした。その瞬間、

「――痛っ」

派手に転んでしまった。地下鉄の通風孔にハイヒールをひっかけてしまったらしい。ヨロヨロと立ち上がりハイヒールを取ると、ヒールの部分がぽっきりと折れていた。足もひねってしまったみたいで痛い。見るとストッキングが破れ、膝から血が出ていた。

なにをやってるんだろう、私は。いつも肝心なところで失敗してしまう。

こんなんじゃ、きっと先方に行っても追い返されるだけだ。自分が情けなくて涙があふれてくる……。

そのとき、私のスマホが鳴った。画面には『**黒崎雅史**』の名前が表示されていた。

「……もしもし」

恐る恐る電話に出てみた。

「いま、どこにいる？」

「まだ東京駅です」

「じゃあ、お前の方が近いな。さっき、インター・シェフから電話があって、今日中に設計図を取りに来てほしいそうだ」

「ほ、ホントですか？」

「ウソ言ってどうすんだよ。それと、お前に電話したけど繋がらないって担当者が言ってたぞ」

走っている最中、スマホはずっとカバンに入れていたから気が付かなかった。いや、それよりも黒崎がまだ私を外してなかったことが、嬉しかった。

「お前の企画だろ。最後までちゃんと責任持てよな」

「ハ、ハイ！」

私はもう片方のハイヒールも脱いで裸足になり、早くタクシーを捕まえようと道路まで走った。


設計図を手に入れ無事に開発二課へ送り届けた私は、なんと黒崎に送ってもらい家に向かっていた。私が裸足でインター・シェフの担当者も驚いていたが、黒崎は私のケガも見て、とても心配してくれたのだ。前に誰かが、「黒崎は性格が悪いけど悪い奴じゃない」と言っていた。当たっていると思う。意地悪だけど優しい。そのギャップのせいで女子から人気があるンだろう。現に私もあのオレ様男に、かなりときめいてしまった。だから、疲れて頭が回っていないせいで錯覚しただけだと、いま必死に思い込もうとしている。

相変わらず、カタルシスが台所でご飯を作っている。そしてソファでグッタリしていた私に彼女が出してきたのは、鶏肉が入った豆乳リゾットだ。

「鶏肉も、脳にええ栄養分が入っとるの。**トリプトファン**言うてね、セロトニンの合成に役立つンや」

私はいつものようにカタルシスのウンチクを聞きながら、ガツガツ食べていた。鶏肉はやわらかく、香ばしいオニオンと粉チーズがマッチして食欲が進む。

「見とったで。アンタ、よう頑張ったな」

「エッ！　じゃあ、私がミスったときも？」

「ずっとアンタの近くにおったわ」

「じゃあ、助けてよー。もう今日はどんだけ、苦労したか」

「それでええんやで。若いうちの苦労は買ってでもせぇ言うやろ」と、カタルシスはガハハと笑った。

「それにいまのアンタやったら、全部乗り越えられるって思ってたんや。祐太への執着も振り切ったしな」

「本当にカタルシスのおかげ。結果は元に戻らなかったけど、これでよかったと思ってるよ。**脳科学で自分の行動の根拠が分かると、冷静になれる**よね」

「そやで。あとアンタはやりたい仕事を見つけて、没頭したのが良かったンやな。そっちの方にドーパミンが出て、祐太のことが薄れたンよ。それに指令通りに周囲の助けを借りて、ノルアドレナリンの暴走も防いだンや。太陽の下でウォーキングも毎日して、セロトニンも順調に出とるしな。で、最後のオキシトシンなんやけど、アンタは黒崎を選ぶと思ったわ」

「エッ！　いや、選んだわけじゃないよ！　それにまだ分からないし……」

たしかに黒崎に惹かれているのは事実だけど……、プロジェクトだってまだ終わっていない。それに、あの黒崎が私を好きになるとは思えなかった。悲しいけど、それが現実よね……。

「ほら、またアンタの悪いクセが出とるで。フラれること考えてるンやろ？　そないな見栄張ってどないすンねん？　ここで引いたら一生独身やで」

グッ……。それを言われたらぐうの根も出ない。

「でも、カタルシスがいるからどうにかなるよね」と、笑いかけるとカタルシスが急に立ち上がった。

「アンタはこれで終わりや。ウチ、これから出かけてくるわ」

「はっ？　ちょ、ちょっと待って。まだ指令終わってないよね？」

第三の指令は「**祐太ができひんかったことを成し遂げること！**」だった。

これから役員へのプレゼンという大仕事が待っている私は、まだやり遂げていないのだ。

私はこの企画が成功するまで、ずっとカタルシスが傍にいてくれるものと信じていた。

「アンタはもう大丈夫や。あの黒崎がいるからな。それよりもアンタの弟がピンチやねん」

お母さんじゃなくて、弟の拓斗？？　戸惑っていると、ボンッと小さい爆発音がしてカタルシスは消えてしまった。

まぁ、次が拓斗なら家も近いし、すぐ会えると思う。それにしても、いつもいきなり現れていきなり消える。なんだか騒がしいけど、彼女らしいなと笑ってしまった。

## 3週間後。

私は明日の役員へのプレゼンの準備を、黒崎と一緒にしていた。いまいる大会議室へ、プロジェクターをセットすれば準備完了だ。

あれから私と黒崎の企画は開発部の部長にも認められ、まだプレゼン前だというのに、役員からも期待していると声をかけられていた。

でもここまでの道のりは決して楽ではなく、隣にいる悪魔のような鬼コーチにさんざんしごかれまくった後だったけど。

そして、私は祐太との婚約を解消した。画像も全部消してスッキリした。

カタルシスの言った通り、あの食事をした日の後から祐太の未練がましいメールは結構続いていた。タイプにもよるかもしれないが、男は追いかけないで追わせなさいという言葉は本当に当たっていると思う。まぁ、私の場合はたまたまそうなっただけで、いまも追わせるような高度なテクニックなんて持ってはいないけど。

だからいまだに彼氏ができていないンだなぁと、電源コードを伸ばしなら考えていたら、黒崎から声をかけられた。

「明日なんだけどさ……」

いつも、余計なひと言までしゃべって私をイラつかせる黒崎が、なぜか歯切れが悪い。具合でも悪いのかなっと思っていると、黒崎は決心したように顔を上げた。

「プレゼン成功したら、好きなもんおごってやるよ、な！」

そう言いながら、私の頭をポンポン叩いてきた。

「それって、デートですか?」

思い切って聞いてみた。黒崎は顔を真っ赤にして「お、お前がそう思うンなら、そうだろうな」と部屋を出て行った。

ヤバい……。

キュンと来てしまった。私は急いで歩く黒崎の背中を追いかけた。

# CASE 3
# 恋人と女上司の板挟み・森林拓斗の涙

いま、トイレで血を洗い流している。冷たい水が傷口にしみた。鏡で自分の顔を見ると右目が青く腫れあがり、案の定、唇が切れている。

(最悪だ……)

いつものように残業を終え、ギリギリ終電に間に合った。そして降りるときに肩がぶつかったと酔っ払いに絡まれてしまった。

いつもなら無視して相手にしないのだが、今日は違った。「謝れ!」と怒鳴られたときにカッと頭に血がのぼり、つい手が出てしまったのだ。

向こうは喧嘩なれしているらしく、あっさりボコボコにされてしまったが。

クソッーーーーー!

思いっきり壁を殴り、ゴミ箱を蹴る。

ゴミ箱は宙を舞って壁にぶち当たり、中身が散乱した。拳はじんじんと痛みだす。でも、もうどうでもいい。なんか疲れた。

仕事では嫌な上司に目をつけられ、恋人の小春とも上手くいっていない。たぶんそのせいであのときキレてしまったンだろう……。

だいたいオレが何をしたっていうンだ。こっちはみんなのために、頑張ってるっていうのに……。

洗面台に手をつきボロボロに泣いた。小春にはすぐ泣くのはよせと喧嘩したばかりなのに。なんてカッコ悪いンだ、オレは――。

「エエ男が台なしやなぁ」

驚いて振り返ると、いま、うちの実家に居候中の浄子オバさんが立っていた。母方の遠い親戚らしい。この間帰ったときオレは初めて会ったが、やたら姉ちゃんと仲が良く、そしてよくしゃべるオバさんだった。

オレは慌てて手で頬をぬぐった。唇に当たって痛い。それが分かったのかオバさんは、「手当てしよか」と割烹着のポケットから絆創膏と消毒薬を取り出してきた。

「いってっ……」。消毒液がチョーしみる。

トイレのゴミを片付け、いま公園のベンチに座り、外灯の下でオバさんから手当てを受けている。

たまたま通りかかって、たまたま救急セットを持っていたらしい。さっきのオレは気恥かしくてそれどころではなかったが、いまはそんな偶然があるのかと首をひねっている。

「ストレス、だいぶ溜まっとるみたいやな」

オバさんが心配そうに口を開いた。

「……」

「ウチでよかったら話聞こか」

他人に愚痴を言うのは好きじゃない。話したってなンの解決にもならないから。でも弱っているせいか、今日は全部ぶちまけたい気分だった。

「そやで。飲んで全部ぶちまけるとええわ」

オバサンはそういうと、割烹着のポケットから今度は缶ビールを2本出してきた。なにこれ、四次元ポケット？　驚いていると「つまみもあんで」とスルメやチーズを取りだしている……。

ツッコミを入れる元気もないオレは、缶ビールを受け取ると一気に飲み干した。

小春と初めて出会ったのは大学4年の夏休み。小春はオレのバイト先のイタリアン・カフェに新人として入ってきた。オレと同じ大学でひとつ下だと挨拶してきた小春のことを、一目見ただけで気に入ってしまった。黒い髪、白い肌、つぶらな瞳。『倉田小春』という名前も、日本人形みたいにかわいい彼女にピッタリだと思った、

そのときのオレは就活中でめったにシフトを入れてなかったけど、彼女のバイトの日は、用事がなくてもよく顔を出すようになった。そのかいあって俺と小春は徐々に仲良くなり、オレの方から告白して付き合いはじめた。

小春との付き合いは、もう5年になる。どんなときでも仲が良くて、結婚するなら彼女しかいないと考えていた。だから去年から同棲も始めたンだ。

同棲当初は上手くいっていた。でも、小春が念願のブライダルサロンに転職し、オレの上司が変わってから徐々におかしくなっていった。

オレの上司、井岡課長は4カ月前に異動してきた。前は総務にいたらしい。

食品メーカー営業部での女性管理職の登用はいまでは珍しくない話だけど、うちの会社では初めてだった。だから女性管理職を増やそうとする動きで、おおかた『ゲタ』を履かせてもらったんだろうと、裏では噂されていた。

みんなは女上司だとやりにくいって嫌がっていたけど、オレはいままで通り仕事さえできればいいからどうでもよかった。

前の上司は成績さえ上げていれば自由にのびのびやらせてくれたし、オレもそうあるべきだと思っている。他社を出し抜いて新規の契約を取らないといけない営業には、自分で判断して即決するスピードが大事だから。


でも井岡課長は違った。どんな小さな取引でもその場で決めず社に持ち帰って報告しろ、とうるさく言ってきた。おかげで他社に取られた案件もあるけれど、オレも含めみんな仕方なく従っていたンだ。

そして彼女はとにかく細かい。そのおかげで提出する書類も増えた。残業だけで終わらない分は、みんな休日出勤をしてどうにかこなしている。

時間も体力も奪われ、もうみんな限界に近いと思う。


そうやって社内がギスギスしだしたころ、小春がだんだんオレに文句を言ってくるようになった。最初から言ってくれればやるのに、「なんで皿洗ってくれないの？」とか「言わなくても手伝ってよ」なんて急に怒りだす日が増えた。

オレは転職した小春が、ある先輩から意地悪をされていると悩んでいることを聞いていた。それでイライラしているのかと相談に乗ろうとしても、小春は途中で「拓斗には分からない」とすぐにムクれて話にならない。

それにひどいときには昔のケンカ話を持ち出したり、急に泣き出してオレに怒りをぶつけるときもあった。

毎日がそうってわけじゃないけど、いまの状況のオレにはたまにあるだけでもキツイ。どうしようか頭を抱えている矢先、今度は井岡課長とぶつかってしまったンだ。

ちなみにオレが扱っている商品はソーセージやハムといった業務用の食肉加工品。

先週、得意先の中華料理屋のオーナーから呼び出されたオレは、卸値をいまの価格より2割ほど安くしろと交渉された。いまでもギリギリの価格でやっているのに、2割も引いたら商売にならない。

オレとオーナーは話し合いをしたがまとまらず、結局取引を打ち切ることになった。残念だけど仕方がない。

それにいま、前から営業をかけていた大口の取引が決まりそうな段階にきている。そこは関東地方を中心に、広くチェーン展開しているカレー屋だ。

たしかに昔からお世話になっている顧客を切るのはしのびなかったが、あの中華料理屋は三店舗しか経営していない。時間がないオレにとってカレー屋を優先するのは当たり前のことだった。

でも、会社に戻ってそのことを井岡課長に報告すると、別室に呼び出された。そして彼女は「なぜ決める前に報告しない」と詰めよってきた。

報告するもなにもできないことはできないし、話し合いの時間も長く取れない。それよりもカレー屋の方が先だと説明すると、急に課長が怒りだしたンだ。

オレが前から課長をバカにしてるって。

ビックリしたオレはそんなことはないって、すぐに否定した。

だけど、いくら言っても課長は納得しなかった。それだけじゃなく「その態度がバカにしている証拠」だと、怒りが倍増して……。

それ以来オレは課長から無視されている。課長を通さないといけない仕事もあるのに、やりづらくて仕方ない……。

そんなイライラが溜まっていたとき小春とまた喧嘩になった。小春が仕事の悩みを話してきたから解決方法を話したら、オレのことを怒って急に泣きだしたンだ。うんざりしたオレは「すぐ泣くのはやめろ」って小春に注意したよ。そしたら小春は実家に帰るって、出て行っちゃってさ……。

「でもオレは間違ってない。同僚は何でもいいから両方にとにかく謝れっていうけどさ、何でオレが謝らないといけないいンだ」

5本目のビールをぐいっと開けた。

「だってそうだろ？　合理的に効率を上げるのがオレたちの仕事だし、小春のことも助けようって努力もしてる。それにオレは普通に話してるだけなのに、二人とも急に怒ったり泣いたりする。もうわけ分かんねーよ」

「それは難儀やなぁ」とカタルシスが話しながら、また缶ビールを出してくれた。いま、ベンチの上は缶詰やらスナック菓子といったつまみでいっぱいだ。やっぱりこれ、手品なのかなぁ……。

「でもな、互いに誤解してるだけやと思うわ」

「え？」

「アンタが悪い態度をとってへん思うても、向こうはそう考えてないンやな」

「どういう意味？」

「男と女では、受けとり方が違うことがある。アンタが努力してても小春ちゃんには冷たく見えとるし、井岡課長はアンタからバカにされとるって感じてるンやと思うわ。小春ちゃんも課長もなんや余裕ないみたいやしな」

「オレのほうが余裕ないよ……」

休みなく働いているのに最近はなかなか寝付けない。人事評価やこれからの仕事がどうなるか気になってしまう。小春のことだって頭が痛い。

おかげでイライラも止まらず、食欲も落ちた。

井岡課長の方は、オレが異動願いを出して離れれば済む話かもしれない。でも、どうしてオレがそこまでしないといけないンだ。考えるだけでムカッ腹が立つ。二人から八つ当たりされ、理不尽な思いでいっぱいだった。

オレは6本目のビールを開けた。酒は強いほうではないが、いまは飲まないとやっていられない。それに明日は久々の休みだし、少しくらい羽をのばしてもいいだろう。

「そんな問題すぐに解決すンで。男と女の脳の違いが分かれば一発やで。ウチにまかせとき。そんなん脳科学でお茶の子さいさいや」

脳科学？　酔っぱらってきたのかオバさんが何を言ってるのかよく分からない。でもまぁなんでもいいや。今日はトコトン飲んでやる——。

次の日。

朝起きたオレは信じられない光景を目にしていた。

モコモコした白い毛の羊（？）が宙に浮いている。どうやらこれ、あのオバさんの正体らしい……。そういえば、脳の違いがどうのとか言っていたような気がする。しこたま飲んでいたオレは、昨晩の記憶があやふやだった。

「昨日、神様やっていうたやん。ウチの本名はカタルシスや。よろしゅう」

「あれ、よろしゅうって言われても……」

カタルシスって名前の神様（？）はニコニコしながらフアフアーと降りてきた。いや、これどうみても羊だよね？　どこかの県のゆるキャラでしょ？

「それよく言われるわ。まぁ、ウチがキュートやからしゃあないわな。でもな、アンタのお姉さんの危機も、５階の富田林の恋もウチが救ったンやで。疑うンならお姉さんに聞いてみるとええわ」

カタルシスの話だと、うちの姉ちゃんも富田林さんも氷室神社の神様に恋のお願いをしたらしい。そこの神様に頼まれて来たと話していた。姉ちゃんならたしかにやりそうだ。でも、あの富田林さんが恋？　ウソだろ……。

「昨日、アンタがＳＯＳ出しとったからな。助けにいったンや」

「でもなんでオレ？　別にそこの神様に祈ってないのに」

「弁天ちゃんから特別ボー……。あっ、ちゃ、ちゃうで、乗りかかった船っちゅう奴や。アンタの悩み、ウチの脳科学理論でカリッとサクッと解決したるわ」

ボーナス？！　しかもカリッとサクッとって、それ食感だし……。

どこからツッコんでいいのか分からないが、カタルシスはさっきから脳科学で指令を出すとか話している。百歩ゆずって神様だとしても、なんで脳科学なんだよ。

カタルシスは面倒くさそうに「またかいな」とつぶやくと台所に行き、ヒヅメを器用に使って冷蔵庫を開けている。

「アンタの悩みは男女の脳の作りの違いを理解すれば解決することなンや。ウチの指令をこなせば上手くいくンやで。まあ少しは努力せなアカンけど。それにな、神様やからってアンタら簡単にお願いしすぎや。なにが困ったときの神頼みやねん。だいたいアンタらは正月ぐらいしか来ないやないかい。それで願い叶えてもらおうなんて都合よすぎンで、ホンマに」

カタルシスは文句を言いながら、食材を出している。つか、あのヒヅメで料理するつもり？　できるの？？

まぁそれは置いといて、男女の脳の違いと言われたのは分かるような気がした。オレは女が何を考えているのか、分からなくなってきている。小春とはこのままダメになるかもしれない……。勝手に出て行った小春に対して怒っている気持ちもある。でも、前の小春に戻ってくれるなら、何でもいいからやってみたいとも思う……。

「とにかく指令だしてみてよ。前の小春に戻ってくれるなら何でもやるよ」

「その前にアンタの溜まっているストレスをなくすのが先や。ずっとイライラしとるし、またどこで〝キレる〟か分からんしな」

「問題が解決すればストレスなんか消えるでしょ」

「いま、イライラしとったら解決するもンも解決せえへん。また小春ちゃんと喧嘩するのがオチや。それに女上司と和解したって、今度は嫌な男の上司が来るかもわからんしな。そしたらまたストレスにやられる。この繰り返しや」

たしかにその通りだ……。悩んでいる小春に強めに注意したのは、オレがイラついていたせいもある。

「これから教えるンはな、簡単に一発でストレスが消える最強の方法やで。しかもストレスに抵抗する力も付き、免疫力も高めてくれる。これが身に付いたらアンタ、超無敵になること間違いなしや」

「なにそれ、早く教えて！」

「それはな『涙』を流すことや」

「は？　それだけ？」

料理をしていたカタルシスはこちらを向き、ヒヅメをチッチッチと横に振った。

「アンタも思いっきり泣いたあとスッキリしたことあるやろ？　昨日のこと思い出してみぃ。悔しい思いもいまは結構薄れとるンやない？」

「言われてみれば、そうかも……」

思い出すと腹が立つが、昨日ほどではなかった。

「ややこしいことは省いて説明すんで」

「泣いたあと心が楽になるンはな、緊張やストレスに関係する交感神経から、脳がリラックスした状態の副交感神経にスイッチが切り替わるからや。

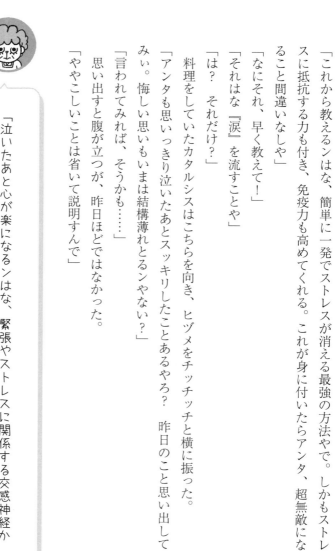

自律神経のバランスが整うちゅうことやな。そして心を安定した状態に保つセロトニン神経も活発になる。セロトニンが増えるとストレスを軽く受け流すことができる。嫌なことがあっても気にならなくなるンやで。イライラせえへんからぐっすり眠れて食欲も戻る。集中力もつくし免疫力も高くなる。あと泣くとな、エンドルフィンってホルモンも増える。このエンドルフィンはな、痛みや悲しみをやわらげてくれる効果があるンやで」

「こんな良いことづくめで、泣かない手はないやろ?」

「……ホントに?」

いろいろ良いことばかり言われたけど、泣いただけでそんなに効果があるとは思えない。

「ためしにやってみればええ。百聞は一見にしかずや」

そう話すとカタルシスはまた調理に戻った。

オレはカタルシスが作ってくれたおにぎり(どうやってヒヅメで握ったのか不明)と味噌汁を食べ、先ほどからスクリーンとプロジェクターをセットしている。

これらは全部、カタルシスが割烹着のポケットから出したものだ。どうせなら札束でも出してほしかったが、世の中そう甘くはないみたいだ。

なんのためにスクリーンを設置させているのかは分からない。おおかた脳の図解でも見せるンだろうと思うけど、カタルシスに聞いても「説明はあとや」と教えてくれなかった。

そんな彼女（?）はいま、床に寝そべってテレビのワイドショーを見ている。

さっきから「エッ、俳優のAが不倫やて！　この人これで三度目やん」とか、「いま出とる女優のB子さんの長男、二番目の旦那さんの連れ子だって知っとる?」とか、神様のくせに下世話な話をオレにふってくる。ミーハーなウチの母親ときっと話が合うに違いない。母親と芸能人の噂話に花を咲かせているのが目に浮かぶようだ。異常に芸能界事情に詳しいカタルシスのことを、オレは密かに〝ゲスペディア〟と命名した。

オレがセットし終わったことを告げると、カタルシスはようやく立ちあがった。

「ほな、これから**涙を流す練習**するで。これは**第一の指令**や」

「ちょ、ちょっと待って。練習?　いらないでしょ?」

「アンタ、昨日久々に泣いたンとちゃう?　普段泣かへんやろ」

「そりゃあ、男だし」

「男は〝泣くな〟って育てられとるからなぁ。涙を流すのが下手くそなンや」

「泣こうと思えばいつでも泣けるって。タマネギを切るとか、目の下にメンソレータム塗るとかさ」

「いや、感動して泣く**『情動の涙』**を流すしか効果ないねん。アンタも嬉しいときや悲しいとき、心動かされたときについウルってくるやろ？　その涙が『情動の涙』っていうんや。この涙は人間にしか流せへん。動物には無理なんや」

なぜ人間だけかというと、人間には他の動物にはない『前頭前野』と呼ばれる脳を持っているらしい。この前頭前野が人の心を作っている。他にも前頭前野をもつ動物はいるが、人間ほど発達した前頭前野をもっている生き物はいないそうだ。前頭前野＝心があるから、人は感動の涙を流すことができる、とカタルシスが教えてくれた。

「ちなみに人間は3つの涙を流すンやで。ひとつは**『基礎分泌の涙』**。まばたきするたびに出る、目を保護する役割の涙やな。2つ目はアンタが言うとった**『反射の涙』**や。タマネギ切ったときや目にゴミが入ったときに、洗い流そうとして出る涙のことやな。そんで3つ目が例の『情動の涙』やねん。さっきも話したけど『ストレス状態』は、交感神経の緊張が非常に高まっとる状態なンや。で、情動の涙は副交感神経が興奮することで流れる。副交感神経が興奮するちゅうことはリラックスした状態に切り替わることやで。これが情動の涙がストレスを洗い流してくれるちゅうことや。起きとる状態でこんなんができるのは、涙を流すことしかないンやな」

スゴい、本当にオレの知らないことをよく知っている……。ただのゲスペディアではないんだな、とオレは変に感心してしまった。

「情動の涙を流しやすくするには、『**共感力**』を鍛えるしかないンや。それには泣ける映画や音楽を聴くのが一番やねん。アンタはいま疲れとるだろうから音楽やと寝てしまうやろ。だからとっておきの映画を用意したわ」

カタルシスはまたポケットからＤＶＤを次々に出してテーブルに置いた。テーブルの上はたちまちＤＶＤの山ができた。

「ウチが推薦する〝泣ける映画〟コレクションや。まずはこの映画を観て、泣けるかどうか試してみるンや」

「でもなぁ……。いま、映画観る気分じゃないっていうか……」

疲れているし、あれこれ考えてストーリーに集中できなさそうだ。

「じゃあ、手紙に変えてもエエで。彼女宛てに書いてみるか？」

「エッ！　いやいやいや、無理！　絶対嫌だ！」

いまさら小春に手紙を書くなんて、そんなこっぱずかしいことはやりたくない。

ラブレターみたいになったら痛いなんてもんじゃない。カタルシスは「手紙が一番泣けるンやで」と残念がっていたが、オレは黒歴史を回避するために仕方なく映画を観ることにした。

「泣きツボはな、人によって違うンや。動物ものが一番泣けるいう人もおれば、親子愛やっていう人もおる。ひと通りそろえたからまずはいろいろ観て、自分の泣きツボを探すとええわ」


自分の泣きツボが分からないオレはとりあえず動物もの1本、ヒューマン1本、恋愛もの2つと、普段観ないような映画を選んでみた。

そもそも泣ける話自体が苦手だ。パッケージを見て、なるべく明るい雰囲気のものを選んでみたが、いまから気が重い……。

ちなみにいつも観るのはアクション映画。ヒーローが数々の苦難を乗り越え、悪者を倒すようなスカッとする映画が大好きだ。

DVDをセットしているとカタルシスが「ひとりの方が泣けるやろ」と席を外してくれた。正直ホッとした。

オレは今年で25歳になったが、この歳になって人前で泣くなんて絶対にしたくない。

映画を観はじめたオレは、さっそく1本目の動物もので爆睡してしまった。開始から10分ぐらいしか覚えていなかった。部屋も暗いし、疲れていたからグッスリ寝てしまったのだ。よく映画館で寝てしまう人がいると聞くが、いまならその気持ちが痛いほど分かる。

オレはこれ以上寝ないように部屋を明るくし、結局スクリーンは使わずリビングに置いてあるテレビで観ることにした。ソファで寝ないように、テーブルの椅子も用意したし、これで寝るのは回避できるはずだ。

だけど、2本目の恋愛映画は長すぎて挫折。

豪華客船が沈没した事件を元に恋人たちの悲恋を描いた有名な映画だが、3時間以上あるとは思わなかった。ちゃんと観れば良い映画なんだろうけど、いまのオレにはかなりキツい……。

やっぱりオレは恋愛映画に向いていない。

今度はヒューマンに変えようと他のＤＶＤを手に取ると、『エターナル・サンシャイン』

という映画のパッケージが目に入った。カタルシスがこの恋愛映画はハッピーエンドで終わるって話していたから借りてみたのだ。

何となく気になってあらすじを読んでみた。


季節はもうすぐバレンタイン。主人公のジョエルは、ある日恋人のクレメンタイン（クレム）と大喧嘩をしてしまう。次の日、仲直りをしようとクレムの職場を訪ねると、彼女はジョエルを知らない人のように扱ってきた。

クレムは怒りのあまり、記憶を消すビジネスをしている「ラクーナ社」に依頼し、ジョエルについての記憶を消してしまっていたのだ……。

ジョエルはショックで動揺し、自分も彼女についての記憶を消そうとラクーナ社に依頼する――という内容だった。


記憶を消すというところがSFチックで面白そうだ。オレはあまり深く考えずに、映画を観はじめた。

手術を開始したジョエルは、自分の記憶の中をさかのぼっていくにつれて、彼女との大切な想い出が次々によみがえってくる。ジョエルは博士に向かって「記憶を消さないでくれ」と必死に訴えるが、記憶の中で呼びかけているだけなので、施術中の博士には聞こえない。

ジョエルの記憶は次々に消されていってしまうのだが、それを抗おうとする彼の姿に胸を打たれてしまった。コミカルに描かれている場面なのに、ジョエルの気持ちを考えると、切なくて仕方がない。

気が付くとオレはハンカチを握りしめ、泣いていた。一番号泣したのは、ジョエルの記憶の中で、クレムと一緒に凍った川の上で寝そべるシーンだ。

ジョエルがクレムに幸せそうにつぶやく。

「いま、死んでもいいな。ただ幸せなんだ」と。

オレはずっと小春との思い出をリンクして映画を観ていた。

小春と初めて会ったときのこと、告白してOKをもらった日の帰り道、ジェットコースターに乗ったときオレにしがみついてきた小春の顔、口癖、そしてオレしか知らない、彼女の寝言。

オレはその全部の場面で「いま、死んでもいいな。ただ幸せなんだ」と感じていたはずだった。

この映画を観るまでは小春のことも怒っていた。でも怒りはスッと消え、それよりも彼女を失ってしまうほうが怖かった。

小春がこのアパートから出て行って、もう3日も経っている。

すぐに電話をかけたが、小春は出てくれない。いまはまだお昼の2時を回ったところだ。

小春は出かけていないかもしれないが、オレはいてもたってもいられなくなり彼女の実家まで走って行った。

## 小春の家。

勇気を出してインターフォンを押してみると、小春のお母さんが対応してくれた。お母さんもオレたちのことを心配していたらしい。すぐに小春を呼んできた。

いま、オレと小春は近所の公園に来ているが、ずっと沈黙が続いている。

「……そろそろ、仲直りしないか?」

オレは恐る恐る聞いてみた。

「でも拓斗は私の気持ちを全然分かってくれない。こんなんじゃ上手くいくわけないよ」

「小春のこと、もっと分かるように努力するからさ」

「それ、いままで何回も聞いた。同じことの繰り返しだよね……。それに拓斗だって、こんな私じゃ嫌でしょ?」

オレの家。

「嫌っていうか……」

言葉がつまってしまった。

小春の言う通り、いつもこの展開で喧嘩になる。マズイ、このままいい案が出ないと小春は家に帰ってしまうかもしれない。

（カタルシスは男女の脳の違いが分かれば解決するって話してたけど……。そもそもそれが分からない……）

ここまで考えて、ハッとした。そうか、その手があったか！

オレはすぐに小春に向きなおると「どうしても会わせたい人（？）がいるンだ」と頭を下げた。

オレは怒っている小春をなだめ、何とかアパートまで来てもらった。

そしてどうかカタルシスがオバちゃんの姿でいますようにと、願っていたがムダであった。オレは非常に慌てふためいたが、カタルシスは「こっちの方が、ウチが神様やって分かりやすいやろ。かえって良かったやん」と涼しい顔をしている。

だから小春はいまリビングのソファに座り、驚いた顔で羊姿のカタルシスを見ている。事前に変な神様がうちにいるって簡単に話しておいた。脳科学でオレたちの仲を取り持ってくれるって説明したけど、信じていなかったみたいだ。そりゃそうだよなぁ……。

カタルシスは簡単に自己紹介すると、さっそく本題に入った。

「ウチはアンタらを仲直りさせるために来たンやで。アンタらいま、考え方の違いだけですれ違っとる。それをこれから脳科学でちゃんと分かるように説明するからな」

カタルシスはそう話すと、モコモコの毛からメモとペンを出してテーブルに置いた。

「とりあえずお互いの直してほしいところを書いてみてや。今日はそうやなぁ、3つぐらいでええわ。一番、直してほしいところを書くンやで」

小春は戸惑った顔でオレを見た。

「大丈夫。オレを信じて」と、彼女に不安を抱かせないように満面の笑みで説得してみた。それが通じたのか小春はしばらく考えていたが、ペンを手に取るとサラサラと書き出していった。

見て驚いた。③『私が泣くとすぐに怒る』以外は、ちゃんとできていると思っていた。

カタルシスはオレたちの書いたメモを「二人とも似たようなもんやな」と、うなずきながら読んでいる。そんなに似ているとはまったく思えないけど……。

カタルシスは「まず男脳と女脳の違いを教えるわ」と前置きして話し出した。

「人間の脳は右脳と左脳に分かれとるのは知っとるわな。この2つの脳をつないどるのが『脳梁』や。女は男よりこの脳梁が太く、一度に多量の情報を右脳と左脳の間を移動させることができるンやで。左右の脳を頻繁に切り替えて考えることができるからいろんなことに気が付く。で、脳梁の細い男の脳は女と比べて頻繁に切り替えることが苦手やねん。だから左右どちらかの脳を、集中的に使う傾向があるンや――」

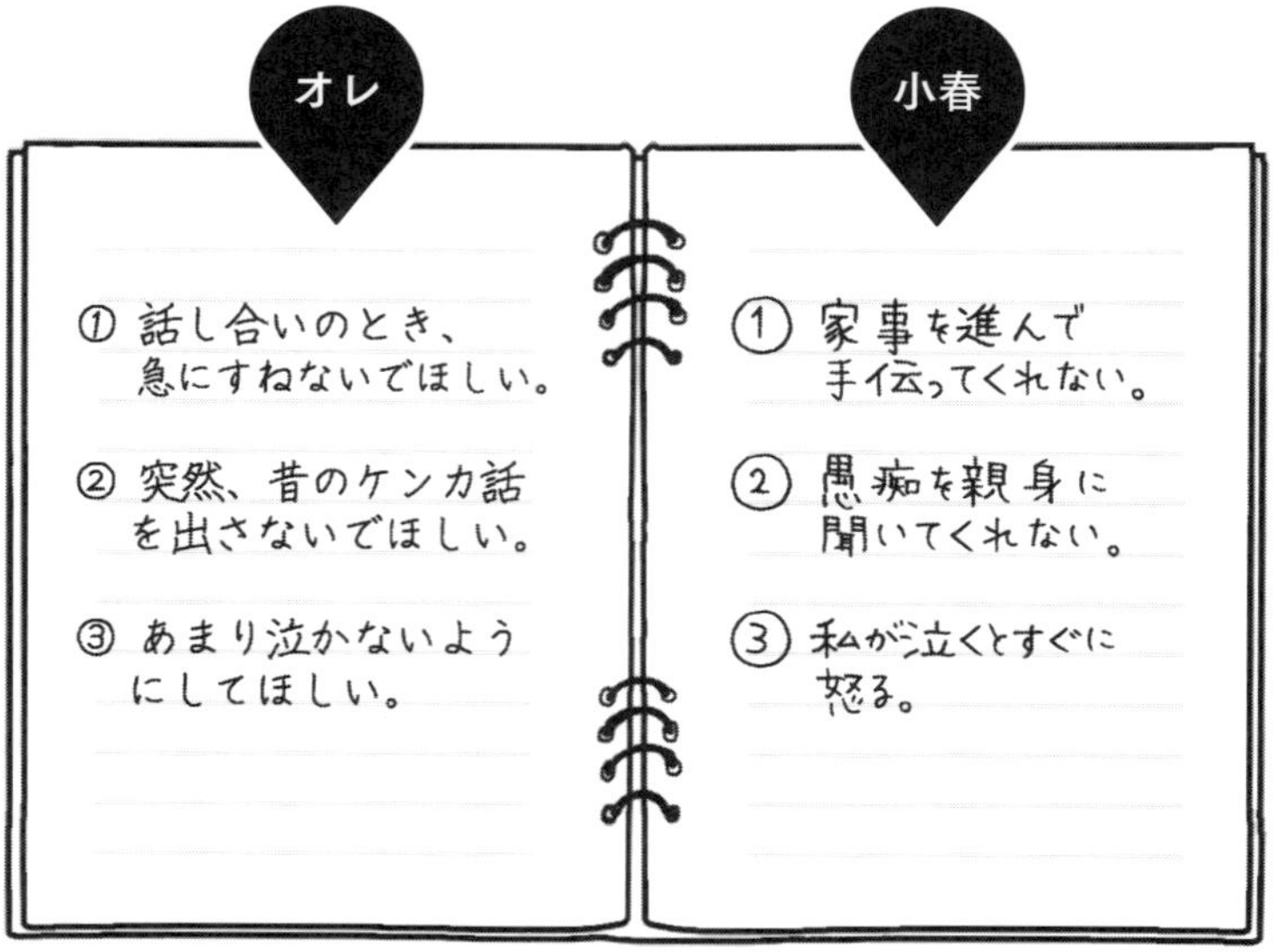

カタルシスが話している途中、小春が熱心にメモを取りはじめた。たしかにここが一番肝心なところだ。オレも負けじとメモしはじめてみる。

そしてカタルシスが話した『女脳の特徴』をまとめてみた。

## 女脳の特徴

・一度に複数のことをこなせる
（マルチタスクス）

・一度に複数のことを考えられる
（コミュニケーション力が高い・会話をしていると話題が飛びやすい）

・コミュニケーション能力が高い
（感情豊かで共感力が高い）

・洞察力に優れている
（察する能力が高い）

## 男脳の特徴

・集中力が高い
（ひとつのことに没頭する）

・空間認識力が高い
（地図を読んだり、車の運転などが得意）

・とっさのときの判断力が優れている
（視覚優位）

・論理的思考

女性より男性の特徴が少ないが、これは男脳が劣っているということではなく、どちらも一長一短があるそうだ。そしてこの特徴はあくまで一般的にいわれていることであって、男女とも個人差があるらしい。

「まず小春ちゃんからいこか。『①家事を進んで手伝ってくれない』やな。拓斗はまったく家事はせえへんの？」

「いや、してるって」

オレは強く否定した。

「アンタには聞いてへん。小春ちゃんだけ答えてや」

名前を呼ばれた小春は一瞬だけビクッとしたが、何か吹っ切れた様子でペラペラと話し始めた。

「言わないとしてくれないです。お互い働いているのに、気を使ってくれないっていうか。例えば私が、疲れがとれないっていうじゃないですか。そんなときぐらい、代わりに家事をやってくれればいいのに、まったく動こうともしないンですよ」

「言ってくれればやるのに」

どんなに疲れていようが小春から頼まれた家事は、ちゃんと引き受けていた。

それに家事ができるくらいだから、そんなに疲れているとは思わなかった。言ってくれないと、分かんねーよ……。

「もう前の説明で分かっとると思うけど男の脳はな、女と比べて察しが悪いねん。女と比べて『脳梁』が細いからやな。左右の脳を交互に切り替えることが下手やから、相手の細かい変化に気がつかへんことが多いンや。言葉の裏の感情まで読みとるのが苦手やねんな。頼み事があるなら、小春ちゃんがハッキリ言わなアカン。女は察する能力が高いから、男もできると思うやろうけど苦手なもんはしゃーないねん。フォローしてあげてや」

小春は黙ってうなずいている。

「拓斗、アンタも努力せなアカンで。女は基本『察してほしい』生き物なんや。アンタのことをパートナーだと期待してるからやで。言葉に出さなくても分かってほしい、分かってくれると考えてるンや。その期待に何回も答えられないと、小春ちゃんも不満をため込むようになる。アンタに愛想をつかしてホンマにダメになるで」

……それは痛いほど感じている。もう5年も一緒にいるからとオレたちは何でも理解しあえていると思っていた。でも小春は、察してほしかったんだな。

「これ以上、小春に負担かけたくないし役割分担を決めよう。そうした方が小春も楽だろ?」

「うん。まぁ、そうなんだけど……」

小春はなぜか歯切れが悪い。

「それも必要やな。でも女は〝何かやることない？〟って聞いてくれるだけでもうれしいンやで。自分のことを気にかけてくれてるって思うからや。女は男と違っていつも言葉がほしい生き物なんや。それにな、『名もなき家事』ちゅうのも多い。布巾を漂白したりスーツをクリーニングに出したり、そういうちょっとした家事を、男は気が付かへんからな」

小春はうんうんとうなずいている。耳が痛い……。

そういえばこの3日間だけで洗濯物が山のように溜まっている。部屋も散らかってきたし、小春のおかげで、ちゃんとした生活ができてたんだなぁ。


「次、『②愚痴を親身に聞いてくれない』。これもあるあるやな。簡単に言うと、男は女の愚痴を自分に相談しとると思うンやで。女の愚痴は会話、コミュニケーションのひとつなんやけど、男にはそれが分からへん。論理的思考が強いから、ただの会話にも意味を見いだして結論を出そうとするンや。男性ホルモンの**テストステロン**も働いて、どうにか相手の悩みを解決しようと躍起になるしな。ぶっちゃけていうと女は解決を求めてないンや。ただ自分の考えに『**共感**』してほしいだけやねん。女は感情豊かで共感力が高いから男もそうやと思っている。ここですれ違うンやな。だから拓斗の『①話し合いのとき、急にすねないでほしい』にも関係しとるンやけど、女は〝なんで分かってくれないの〟って不満に思うねん」

「ただの愚痴だったのか……。それはさすがに言われなきゃ分かんないよ……」

思わずぼやきがでた。

「これはな、女の察する能力の高さと共感力が裏目に出とると思うわ。こんなこと言ったら呆れられるとか嫌われるとか、いろいろ考え過ぎて我慢するンや。女のほうが繊細といわれる理由はここやな」

「たしかに、男の方が単純にできてる」

「これも拓斗の悩み『③あまり泣かないようにしてほしい』につながる話やけど、女は我慢して我慢して感情の爆発につながる人が多いんや。だから話してるとき、感情がおさえきれないで泣き出してしまうンやで。これは小春ちゃんが適度にガス抜きせなアカン。あと、拓斗も気ぃ付けてあげてな」

「感情の爆発……」

突然、井岡課長のことを思い出した。気付いていないけど、オレは課長に対して何か失礼なことをしたんだろうか……。いや、ずっと考えても思い当らなかったンだ。自分の仕事がうまくいかなくって、オレに当たり散らしているに違いない。

「最後、『③私が泣くとすぐに怒る』。これは拓斗が怒るちゅうか、ウンザリしとるンやろうな。女は普通の会話にも感情を入れるンやけど、男は合理的に解決するためにただ情報がほしいだけやねん。男にとっては会話の途中で情報を引き出そうとしとるだけやのに、いきなり泣き出すからビックリするンやで。まぁ、女からしてみれば相談じゃなく話を聞いて共感してほしいだけやから「そうじゃない！」って感情的になるのも分かるンやけどな。それに男は客観的に物事を見る能力も優れてる。だからなんでこんなことで泣くンやって、一歩引いて見てしまうンやで。でもそれは拓斗が小春ちゃんのことをないがしろにしとるわけやない。大事に思うとるけど理解できへんからウンザリするンや」

「……疲れているとつい感情的になるけど、おさえないとダメですね」

「そやで。まぁ、いつも感情をおさえてるとストレスになるから、大事なときは出さなきゃアカンけどな。あとでストレス発散の良い方法教えるわ」

小春は嬉しそうに返事をしている。どうやらカタルシスに慣れてくれたようだ。オレは心底ホッとした。

「ほんで残りは拓斗の『②突然、昔のケンカ話を出さないでほしい』やな。これはな、記憶をつかさどる『海馬』が関係しとるンやで。この『海馬』も男性より女性の方が大きい。

だから女は些細なことでも、よう覚えとるンや。勉強で覚えた知識を入れとく『意味記憶』とは別やで。『エピソード記憶』いうて、例えば喧嘩した場所、時間、そのときの感情とかを記憶しておく能力が高いねん。会話の途中、右脳左脳を行き来しとるから、過去の出来事を引き出すンも早いしな。男にとっては終わったことやし、どうでもええから忘れてしまうンやけど、感情優位の女にとってはいつまでも意味のあることやねん。これも互いに違いを認めて、我慢するとこはせんとアカン」

「……あんまり、ぐちぐち言わないようにするね」

小春が申し訳なさそうな顔でオレに言った。

「オレも覚えておいたほうがいいのかなぁ、些細なことでも」

でも、『エターナル・サンシャイン』のように楽しい思い出は覚えていられる自信はあったが、喧嘩した嫌な思い出までは自信がない。

「いや、それよりも、いつも優しい言葉をかけるように心がけておくことやな。これからも二人で暮らしていきたいンやったら、喧嘩した記憶より楽しい思い出を作っていったほうがエエやろ。その方が上手くいくし、映画みたいに都合の悪い記憶を消すとか、できへんからな」

カタルシスはそういうと、オレにウインクした。どうやらオレがあの映画を観て小春を迎えに行ったことがバレているらしい……。

荷物を実家に置いてきた小春は、一旦家に戻っていった。オレは小春を駅まで送って、いまアパートに帰るところだ。

小春とはこれから一緒に生活していく上でたくさん話し合おうと約束した。いままで忙しさのあまり、小春の言い分をちゃんと聞いてなかったことを謝ると、彼女はうれしそうにうなずいてくれた。

前向きに仲直りができたのも、カタルシスのおかげだ。ただ感謝しかない。

そしてあれからカタルシスから**第二の指令**が出ていた。**小春と一緒に泣ける映画を週1本は観てお互いを理解しろ**、というものだった。

カタルシスいわく、どこで泣けたか語り合ううち、お互いの価値観をさらに理解できるようになるらしい。それにお互い泣いてスッキリするから、喧嘩の回数も減るとのことだ。特に感受性の強い女性にはいいストレス発散法らしい。

カタルシスが小春にあとで教えると話していた発散方法は、まさにこれだった。

小春の前で涙を見せることは照れくさかったが、これで小春のイライラが解消されるなら安いものだ。

あとカタルシスはやたら「**共感力を鍛えろ**」とオレに言ってきた。泣ける映画や音楽を聴いて感動することは、主人公の考えや行動に共感していることなんだそうだ。たしかに『エターナル・サンシャイン』はヤバかった。主人公の気持ちに共感し、オレも小春を失いたくないと会いに行ってしまったのだから。

あの映画を今度は小春と一緒に観たいと思っている。小春はどんな感想を言うのか、いまからとても楽しみだ。

そしてカタルシスはオレの共感力を鍛えることで、井岡課長のことも解決するとも話していた。課長の立場に立ってものを考えれば、オレの行動が違ってくるはずだというのだ。でも、オレはそうは思わない。ただ課長から言いがかりを付けられているだけのような気がするから……。

だけど月曜からまた仕事だ。井岡課長のことを考えると胃が痛くなる……。

早くカタルシスにいいアドバイスをもらおうと、オレはアパートへ急いだ。

部屋に入ると、カタルシスはオバちゃんの姿に戻っていた。どこかに出かけるのか、小春のドレッサーに座り頭にリボンを付けている……。

「これからアンタのオカンとカラオケ行くねん。アンタもどうや？」と彼女から聞かれたが丁重にお断りした。オバちゃん二人とカラオケなんて恐ろしい……。延々と続く下手な歌と、ゲスぺディア話を聞かされるだけだ。

「あらそう残念やわ。アンタはこれで終わりやから、最後にパーッと行こう思ったのに」

「エッ、何で！　まだ井岡課長とのこと、解決してないよ！」

「次はアンタのオカンと約束してんねん。ウチも忙しいんやで。それに課長がアンタのこと誤解しとることが分かったら、すぐ仲直りできるやろ。あれだけ男女の違いを教えたんやで。頭下げて話し合いの時間を作ってもらうンが、一番早いンや」

「それができたら苦労しないから……」

そもそもオレは悪くない。意地でも頭を下げたくない。変なプライドが邪魔をしていた。

「いまの井岡課長はな、すごく不安やと思うねん。女で初めての営業課長やで。しかもずっと総務にいて営業のことは素人や。相談できる上司は男ばかりやし、親身に彼女の話を聞いてくれる人がおらんのちゃうかな？　それに女でここまできたんは、相当苦労しとると思うわ。いくら男女平等いうても、日本はまだまだ男社会やしな。男の部下にも負けたくないって肩肘張ってるから、拓斗のことも誤解したのかもしれへんで」

「そもそも、その誤解が分からないンだよなぁ……」

「まぁ、アンタのその苦手意識が何かの拍子に課長に伝わったのかもしれへんな。女は察する能力が高いから、アンタが顔に出さなくてもちょっとした言動で分かってしまうンや。ホンマに思い当たることないの?」

「……考えてみれば、面倒くさいって極力避けていたかも」

会議室で井岡課長が部長とやりあっているのを偶然見たことがあった。

部長に注意されても譲らなかった課長を見て頑固で面倒な人だと思い、なるべく近づかないようにしていた。

「あー、それやと思うわ。その態度がバカにしてるって彼女は誤解したンやろな。それだけじゃないかもしれへんけど、そこはアンタが彼女に聞いてみたほうが早いわ。納得いかんと思うけど、ここは頭を下げてでも彼女と話す時間を作ったほうがええで。少しは相手の立場になって物を考えることも身に付けなアカン。これが泣く練習のときにも話した共感力やで。共感力を付ければ、ビジネスの場でも役立つんやから」

共感力、相手の立場になって物を考えるか……。

井岡課長はたしかに孤立している。それは課長が自分自身で招いたことだけど、誰にも相談できないし、失敗もできないと、カラ回っているだけなのかもしれない……。

「そやろ。ここはアンタがひと肌脱いで課長の力になってあげるべきや。アンタのためにもなるし、課のみんなのためにもなるンやで」

カタルシスはそう話すと「キバるんやで!」とオレの背中を叩いて、出て行ってしまった。

結局レクチャーはたった一日だけだった……。まぁでもオレは予定外だったろうから仕方ない。もっとカタルシスと話したかったけど、次はオレの母親らしいから、実家に行けば会えるし。

(でも母さんの悩みって何だ? 親父と何かあったのか……。親父は何にも言わないからなぁ……)


少し心配だったが、あの賑やかなカタルシスがついていれば大丈夫だろう。

カラオケでもきっと母さんと盛り上がるに違いない。

頭にリボンを付けたカタルシスが、熱唱している姿を想像すると笑ってしまうが。

オレは営業から帰ったあと話しかけるタイミングを計るため、仕事をしながら井岡課長を観察していた。

課長は分からないことがあると、いちいちマニュアルを引いて調べていた。

誰かに聞けば早いのに、それをしないのはたしかに意地をはっているように見える。女性は察する能力が高い。もしかすると、同僚たちが裏でバカにしているのを気付いているのかもしれない。

オレは立ち上がり、井岡課長に近づいていった。

「課長、ベンダーに提出する資料なら私が作りますよ」

「えっ？」。彼女は意外そうな顔をした。

「私をどんどん頼ってください。そっちのほうが早いですから」

オレはこれ以上ないくらい満面の笑みを浮かべ、にこやかに話した。

だけど課長は「結構です」とひと言残し、オレを避けるようにオフィスを出ていってしまった。

あー、もうこれだから女はやりづらい……。

でも、男と女は脳が違う。たぶん課長には、オレのビジネスライクな対応が冷たく映っていたんだろう。話しかけたときも、それを思い出して気分を害したのかもしれない。

それにピンチをチャンスに変えるのが営業の仕事だ。

オレは課長を追いかけて、彼女の前に立ちふさがった。

「な、なによ?」。彼女は動揺した様子で、オレを見ている。

「私が悪かったなら謝ります。今後の改善点も含めて、ご指導いただけないでしょうか?」

最初はビックリしていた井岡課長の顔が、みるみる間に明るくなった。営業で培ったオレの経験によると、この笑顔が出たらだいたい契約成立になっている。

「……仕方ないわね。いま、時間大丈夫?」

オレはうなずくと、小さくガッツポーズを決めた。

CASE 4

# 熟年離婚・森林光代の涙

スナックで。

カタルシスが歌い終わると、店内に盛大な拍手が鳴り響いた。

いま私は彼女（？）と近所のスナックへ来ている。ここ最近、私が遊びに行こうとすると必ずカタルシスがついてくるようになった。

理由を聞いても教えてくれないけど、たぶん脳科学での指令を出すために私を観察しているんだろうと思う。

だから、そろそろ私の願いを叶えてくれるに違いない。

美帆も祐太さんと別れてしまったが、カタルシスのおかげでまた新しい恋人候補ができたらしい。まだ紹介されていないけど、とても優秀な方だそうだ。

そして驚くことに拓斗もカタルシスにお世話になったそうだ。小春ちゃんとの仲が危なかったらしいが、カタルシスが救ってくれたみたいだ。

子どもたちもそのうち結婚する。これで私も気兼ねなく夫と離婚できる。

お酒を飲みながらぼんやりと考えていたら、カタルシスが戻ってきた。

「なんやシケタ顔して。ここんとこ元気ないみたいやし」

「そうお。あらやだ、〝京さま〟疲れかしら」

私は元気よく見せるために、少しおどけて言ってみた。

ちなみに京さまは『群馬のプリンス』の異名をとる演歌歌手だ。まだメジャーデビューはしていないが、地元群馬県を中心に関東で精力的にライブ活動をしている。

私は去年まで京さまをまったく知らなかったが、友人に誘われて彼のディナーショーに行ったときにひと目で気に入ってしまったのだ。ファンを大事にする京さまはひとりひとりに優しく声をかけ、おまけにハグまでしてくれる。

うちの無愛想な夫とはまるっきり正反対だ。あんなジェントルマンで素敵な方は他にはいないと思う――。


「でもアンタの願いにもあるけど、京さまみたいな人は無理やで」

タイミングが良すぎてブバッと酎ハイを吹き出しそうになった。

「そんなの分かってるわよ。もう56だし、こんなオバちゃん誰も相手にしてくれないことぐらい」

私は丸顔でパンパンに太っている。子どもたちから「〇ンパンマンに似ている」と、よく言われていた。もしかしてと、ちょっと期待して手紙に書いてみたが、男性からモテないことは自分でよく分かっている。

「ならエエんや。じゃあそろそろ本題に入ろか。アンタ、本当に旦那と別れたいンやな？」

（きた！　とうとうきた！）

「もちろんよ。何からすればいい？」

カタルシスの手口（？）は美帆から聞いて知っていた。**ドーパミン**とか**セロトニン**とか脳内物質のことも美帆は教えてくれた。

私はどんな指令がくるのか、ずっとワクワクしていたのだ。

「その前にな、アンタがなんで旦那と別れたいのか、もしきっかけがあるンなら詳しく教えてくれへん？」

詳しい情報を伝えたほうが、より正確な指令が出せるらしい。私はとりあえず、夫との出会いから話してみた。

私と夫の茂は見合い結婚。でも、夫のことは見合いする前から知っていたわ。

地元の信用金庫に勤めている夫は、当時渉外係、いわゆる外回りの営業をしていたの。毎月1回は、私の実家に来て定期預金の集金をしていたから、挨拶ぐらいはしていたのよ。

あのころの夫は、口数は少ないけれどいつもニコニコしている人だった。がっしりとした身体で真面目に働く姿を見て、誠実で優しい人なんだろうと私は勝手に思い込んでいたの。そして頭の中で密かに『ニコニコマン』って呼んでいたくらいあの人を気に入っていた。熊みたいな大きな身体でニコニコしているところを想像すると、可愛くて微笑ましかった。

だから見合いの話がきたときは本当にビックリしたわ。写真を見たら本当にニコニコマンが映っていたから。私の親があの人を気に入り職場の上司にかけあって見合いの席を用意してくれたの。あのときは本当に両親に感謝したのよ。

だけど会食が終わって二人だけでお茶を飲んでいたときも、あの人はあまりしゃべらなかった。私はあのころから太っていたし、きっと気に入らないンだろうってあきらめていたわ。でもね、私のことをかばってくれたのよ。

いや実はね、着物の帯がきつくてお腹が苦しかったの。緊張してたせいかお腹もゴロゴロ鳴っていたし。だからお茶飲んでるときにね、盛大におならしちゃったの。もうその音が大きくて、周りのお客さんもビックリして私に注目しちゃって。顔真赤にしてうつむいたら、あの人がね「いやーすみません、最近腹の調子が悪くて」って自分がしたみたいに、みなさんに謝ってくれたの。

それから話も弾んだし、この人なら間違いないだろうって結婚を決めたわ。

でも現実は違った。一緒に生活してみたら、夫はいつも仕事で家にいなかった。資産運用や融資の相談、やれ保険だ相続だって、休みの日もお客様に呼ばれたら飛んで行ってたから。

私は寂しさのあまり、何度も「休日ぐらいは一緒にいて」ってお願いしたわ。感情が高ぶったときは泣き叫んで訴えたこともあった。

だけど夫はいつも「お客様のためだ。我慢してくれ」としか言わない。それだけ話したら、あとは貝のように口をつぐんでしまう。

私は喧嘩にもならない夫を早々にあきらめた。それなら早く子どもを作ろうと美帆が産まれたの。そして子育てに追われているうちに拓斗も産まれた。そのころの私は子どもたちを一番に考えていたから、夫が家にいなくても気にならなくなっていたの。

だけど拓斗が中学1年生のとき、急に不登校になって。

不登校になるちょっと前ぐらいから、拓斗がケガをして帰ってくることが多かったから、兆しはあったのよ。

拓斗は子どものころからやんちゃだったから、喧嘩のひとつやふたつ日常茶飯事だったけど、そのときのケガはまるで大勢から襲われたような、それはそれはひどいものだった。

私はイジメられてるンじゃないかってすぐ学校に相談しに行ったわ。

でも学校側は絶対にイジメだと認めなかった。ふざけてプロレスごっこでもしたんだろうって、イジメに加担した生徒を探そうともしてくれなかった。

そして学校に行かなくなった拓斗は、夜遊び歩くようになったの。私の財布からお金も抜いていたみたいだし。

困り果てた私は、何回も夫に助けを求めたわ。私ひとりの力じゃどうにもできないから。

でもあの人は父親のクセに「しばらく放っといてやれ」ってそれしか言わなかったのよ。

男だから自分で解決するだろうって、他人事みたいに何もしなかったわ。

いまから考えてみると、あれが離婚を決意したきっかけだと思う。私は何もしてくれない夫をあのとき見限ったのよ。

拓斗はいつの間にか立ち直って学校に行けるようになったけど、いまでもあのときのことは許せないの。

だから美帆と拓斗が大学卒業して就職したら、離婚しようって決心したのよ。

でも私がいくら「離婚したい」って嘘泣きして訴えても、あの人は「忙しいからそのうち考える」って逃げちゃうだけ。おおかた離婚すると仕事に影響するとか考えているンだと思う。夫はとにかく仕事が一番の人だから。家族よりも仕事なのよ。

だから話にならないから、私も好き勝手に生きようって決めたのよ。

それに『京さま』に夢中になって遊び歩いていたら向こうから見切りをつけると思ったんだけど、なにも言ってきやしないし。ま、それだけ私に興味がないンだと思う。

でも夫は来年定年を迎えるの。そうなれば四六時中顔を合わせなきゃいけない。いつも無表情で黙って何を考えてるのか分からないし。三食作っていろいろお世話するなんてまっぴらごめんよ。

カタルシスに一気に話してスッキリした。

彼女は「分かる。昔の男ってそうやねんな」と同意してくれている。やっぱり、同年代に見える彼女なら分かってくれると思ってた。

「でもな、男は肝心なこと言わないことが多いねン。ひとつに集中するとそれしかできへんシングルタスクの傾向もあるしな。ウチはアンタが誤解しとるとこもあると思うわ」

「誤解？」

「男と女の脳はちょっとだけ違うところがあんねんな。一般的な話やけどな、例えば、仕事ばかりしとるって話とったけど、男は仕事に集中するとそれしか見えなくなることが多いンや。女は仕事しながらでも恋愛のこと考えたり、家のこと考えたりできるやろ。でも男はな、脳の使い方の違いでそれができへん人が多いンや。だからアンタの旦那も、家に帰っても仕事モードで脳が切り替わっていなかったんかもしれん。それは脳の仕組みでしゃーないことやねん。だから、家族をないがしろにしとるわけではないかもしれんで」

「そうかしら……」

「男はシングルタスクの傾向が強い言うたけどな、その集中力はスゴイんやで。学者とか研究者って男が断然多いやろ？　ひとつのことに徹底して集中できるから向いてるンやと思うわ。文明が発達したのも、その能力のおかげやな」

私はいまいちピンときていないが、カタルシスは夢中で話している。よっぽど脳科学が好きなんだなと感心してしまった。

「まぁ、でもこれでアンタに出す指令の方針は決まったわ。今日は離婚の前祝いや。パーッと盛り上がろか！」

カタルシスが「乾杯！」とグラスを向けてきた——。

そうよ、私はこれで晴れて自由になれる。カタルシスがどんな指令を出すのか分からないけど、きっと夫が離婚届けにサインするように仕向けてくれるに違いない。

今日はムカツク夫のことなんか忘れて、心ゆくまで楽しもう。


翌日。


朝起きるとめずらしく夫がいた。いつもは日曜でも関係なく、朝早くから仕事に飛び回っているのに。もしかして今日一日家にいるつもりなら面倒くさい。二日酔いで具合が悪いのに、夫の世話をしないといけないからだ。

でもまぁそこはカタルシスに甘えちゃおう。案の定、家事好きのカタルシスはもう台所に立って朝食を作っていた。

夫はいま、ダイニングテーブルの椅子に座り、新聞を読んでいる。無視するわけにもいかないので、私は声をかけた。

「めずらしいじゃない。家にいるなんて」

夫は新聞をテーブルに置き、私を見た。

そして「ずいぶん待たせちゃったが……」と、離婚届を出してきた。私はビックリして、
思わず離婚届を手に取った。

「ちゃんとサインはしてある。遅くなって悪かったな」

「え、あ、そう……。ありがとう」。驚きのあまりそう答えるのが精いっぱいだった。

「良かったやん。これでウチが手伝うことはなくなったな」

カタルシスがお盆に朝食をのせて持ってきた。

「手伝うって何を?」

夫がけげんそうな顔で私を見ている。私は何でもないことを夫に告げると慌ててカタル
シスの腕をつかみ、台所の隅までひっぱっていった。

「なんやの、慌てて」

「なんやのじゃないっ。バレるようなこと夫の前で言わないでっ」

小声で強めに注意をしたが、カタルシスは「バレるわけないやろ」とケラケラ笑っている。

「せやけど良かったやん。ウチもこれで安心して次行けるわ。スケジュールつまっとるか
らな。もう支度するわ」

「待って!」

私は出て行こうとするカタルシスの肩をつかんだ。夫はこのあと、私と二人で今後のこ

とを話したいと言うに違いない。それは喜ばしいことなのに、なぜだか私は、不安でしょうがなかった。


美帆は仕事があると出かけていった。

そして3人での朝食後、思った通り夫が今後のことを二人で話そうと言ってきた。

「……それなンだけど、カタ、じゃなくて浄子さんも一緒でいい？」

カタルシスのことは家では『浄子さん』と呼んでいる。

「別にいいけど、聞かれても嫌じゃないのか？」

「この件も相談にのってくれてたし、これからもお世話になるかもしれないから」

私はテーブルを拭いているカタルシスをチラっと見た。彼女はウィンクしてOKだと意思表示をしてきた。夫もそれを見ていたのだろう。じゃあ3人で話そうかとソファに座り、なにやら書類を広げはじめた。

「このマンションに住み続ければいい。私が出て行くから。それと残りの財産分与の件だけど、預金、株式、保険等、全部この書類にまとめてある。君の取り分は多くしてあるから、安心してくれ」

「……」

黙って書類に目を通した。さすが金融マンだ。いまある財産をすべて分かりやすく記載し、私に多く渡るよう計算してある……。

「この書類だけじゃ不安か？　弁護士に立ち会ってもらおうか？」

「いや、そうじゃない……」

途中で言葉が詰まってしまった。ハラハラと涙がこぼれてきた。

「きゅ、急にどうしたンだ？」

夫が動揺している。

「だって、あまりにも事務的じゃない……」

ここまで話したら感情が高ぶってきた。カタルシスが心配そうにハンカチを出してきたが払いのけた。

「何十年一緒に生活してきたか分かってる？　32年よ！　それなのにこんな態度、ありえないでしょ！」

夫は困惑した顔で私を見ている。カタルシスは私の気持ちが分かるのか、腕を組んでうんうんとうなずいている。

「……光代はいったい、どうしたいンだ。この金額に不服なのか、それとも離婚を取りやめたいのか？」

「離婚は絶対するから！」

頭にきた私は立ち上がると、引きとめる夫を無視して寝室に逃げ込んだ。

## 寝室。

ベッドに顔をうずめ、泣いているとカタルシスが部屋に入ってきた。

彼女は私のとなりに座ると、「アンタの気持ちはよう分かる」としばらく背中をさすってなぐさめてくれた。こういうときはやっぱり女同士だ。

「でもアンタ、ホントは別れたくないンやろ？」

驚いた私は顔を上げた。

「そんなことない」と、ムキになって否定したが、カタルシスはチッチッチと人さし指を横にふると、ペラペラと話しだした。

「離婚の話が出てから、ずっとやる気もないし元気もない。簡単に説明するとな、人の好き嫌いの判断は脳の扁桃体がするンや。アンタが離婚の話をされたとき、好意的に感じとったら、ドーパミンいうやる気がみなぎるホルモンがバンバン出てくるはずなンや。ドーパミンが出るとな、興奮するから目の輝きが違うねん。アンタは前のめりになって離婚の話を進めとるわ。でもアンタはいま、反対に嫌だと感じて危機感を抱いたンやな。せやから扁桃体から、今度はノルアドレナリンちゅう危険と闘うホルモンが出た。最初は不安になってだんだん〝どうして分かってくれへんの〟って暴走したんやで。怒るちゅうことはな、まだ旦那に未練がある証拠やねん。脳科学的にみればアンタの本心なんてすぐ分かることなンやで」

「……」

脳科学的に言われてしまうと反論できなかった。でも、自分でもよく分からない。夫のことは拓斗のイジメの件で気持ちが冷え切っていたはずだ。それに毎日顔を合わせているとウンザリする。それなのになんであんなに感情的になってしまったンだろう……。

「アンタはいま素直になれンだけや。京さまに夢中になって遊び歩いてたンも、離婚するいうて騒いだのも、旦那からひき止めてほしかったンちゃうか？　旦那とのなれそめ話しとるときのアンタ、ホンマに嬉しそうやったで。仕事ばかりしとる旦那に振り向いてほしかったンやないの？」

ちょっとギクッとした……。いや、でもそれは違う。私は拓斗の件で夫に対して本当に冷めたのだ。あのときの私の苦労を思い出すと、いまだに涙が出てくるぐらいだ。

**……絶対に違うっ！！**

顔を上げてキッパリ否定した。

カタルシスは、「結構、強情やなぁ」とブツブツつぶやいていた。しばらくすると「あ、そうや！」と何かに気が付いたようにひざを打った。

「悩みを解消するええ方法思いついたわ。これは**第一の指令**や。アンタ、**『離婚式』に出なさい**」

「り、離婚式？」

「結婚式の逆や。離婚する夫婦が挙げる式やで。これに出ればアンタの答えはすぐに出るはずや」

「いや、でも夫が何て言うか……」

「アンタが出たい言うたら、必ずＯＫ出すわ。あの旦那は優しい人やからな。ウチには分かる」

優しい人……？　いったいうちの夫のどこを見て言ってるんだろう？

カタルシスは自信たっぷりにそう話すと、部屋から出て行ってしまった。

本当に答えなんか出るのだろうか。そして私は本当に夫と離婚したいのだろうか。何回考えても頭の中がグルグルするだけだった。

私は夫に離婚の話は今度にしてくれと告げると、気晴らしもかねて離婚式について調べてみることにした。


離婚式とはカタルシスの話していた通り、これから離婚する夫婦、またはすでに離婚している元夫婦を対象にしたセレモニーらしい。

家族や友人といった参列者の前でお互いの『再出発の決意』を誓い合うと書かれているが、それに何の意義があるのか分からない。

アップされている会場はおしゃれなレストランだろうか、華やかな雰囲気が出ていて、暗い感じはなさそうだ。

そして離婚式の流れが書いてあったので読んでみた。

## Day timeline

1. 二人が「離婚に至った経緯」を司会者が参列者の方に向けご説明
2. お二人からひと言ご挨拶
3. 友人代表挨拶
※基本的には離婚経験者の方にお願いしております。
4. 「最後の共同作業」結婚指輪をハンマーで叩き割っていただく
5. 皆様で会食

これだけらしい。ただ、オプションでスライドショーやブーケトス、『お色崩し』という名のパイ投げがあり、なんだかお祭り騒ぎで面白そうだと笑ってしまった。

そうだ、やっぱり笑顔で別れよう。私たちは、あの拓斗の件から冷え切っているのだから。仮面夫婦を続けているよりお互い新しい人生をスタートさせたほうがいい。

## 深夜。

そんなことをぼんやりと考えているうちに、夫が帰ってきた。

時計を見ると、もう夜の12時を過ぎている。遅いのはいつものことだが、夫を出迎えるのは久しぶりだった。

私は寝室でスーツを脱いでいる夫に、恐る恐る離婚式の話をしてみた。

カタルシスは夫なら必ずOKを出すと話していたが、そう上手くいくとは思えない。

でも夫は「君がやりたいならいいよ」とあっさり承諾し、興味がなさそうな様子でお風呂に行ってしまった。

何だかモヤモヤする。さっき夫の体調を心配し、離婚を取りやめようとまで考えた自分がバカみたいに思えてきた。

私は夫がいま脱いだYシャツをグチャグチャに丸めてエイッと床に投げつけた。こんなことをしても気が晴れないが、さっきから離婚するのしないのと、考えが堂々巡りで嫌になる。

ベッドに座って落ち込んでいたら、カタルシスが様子を見にきてくれた。

「アンタ、**エストロゲン**が減ってきとるみたいやな。だからイライラしたり、考えがまとまらんかったり、疲れやすくなっとるンやで」

エストロゲンとは女性ホルモンのひとつだと、カタルシスが説明してくれた。

妊娠に備えて子宮内膜を厚くしたり、乳腺の発達、コラーゲンの合成を助けたりと、女性らしい身体や皮膚を作る働きがあるそうだ。

「そりゃもう歳だしね」

「まぁ加齢で自然になくなるもんやからなぁ。でもエストロ

ゲンの減少はセロトニンも少なくなっとる証拠やねん。セロトニンは増やせるから、その方法教えとくわ。あ、これ**第二の指令**にしよ。**セロトニンを増やせ**や」

いきあたりばったり感がスゴイけど、こんないい加減でいいの？？

「王道は、太陽の下でリズム運動やねん。まぁ、アンタの場合は無理せんとウォーキングがええやろな。でもウチが一番勧めたいのは、身体をリズムよくタッピングすることやねん。それも夫婦二人でや。二人でお互いの背中をタッピングしあうとな、セロトニンだけじゃなく愛情ホルモンのオキシトシンも出る。タッピングはスキンシップのひとつやからな。一石二鳥やねん」

「……こんな状態で無理でしょ」

カタルシスは「しゃーない。ウチが明日から手伝うわ」と言って出ていった。

とりあえず身体を動かせば悩みも減るかもしれない。私は明日の準備をして早々に寝ることにした。

## 2週間後。

離婚式当日。

私は今日のために夫が買ってくれた華やかなワンピースを着て、会場になるレストランに入った。

夫からプレゼントされるなんておそらく10年ぶりぐらいだと思うが、これが最後の餞別になると思うと、素直に喜べない気持ちもある。

だけどあれから何回も考えて、私の離婚の意志は固まった。

昔の拓斗の件もあるが、夫と離婚式の打ち合わせをしたくても「全部、光代に任せるから」と逃げられてしまっていたからだ。

二人の最後のセレモニーさえ、夫にとってはどうでもいいのだ。そんな冷たい人ともう一緒に暮らしてはいけない。こんなサバサバ割り切れるようになったのは、ウォーキングとタッピングの効果のような気がする。この2週間カタルシスとやっていたけれど、朝陽を浴びるだけでスッキリするし、背中を叩いてもらうだけで穏やかな気分になり始めていた。少しはセロトニンも増えているのかもしれない。

美帆と拓斗にはあらかじめ簡単に話してあった。強く反対されると思ったが、カタルシスがついてればすべて上手くいくと思っているらしい。明るく「当日は緊張しないように」とアドバイスまでされてしまったが、私も今日は気楽に楽しむつもりだ。

そしてカタルシスには友人代表としてスピーチを頼んである。

本当は離婚経験者が望ましいそうだが、実はこの離婚式に家族以外誰も呼んでいない。離婚すれば家族みんなが集まるのも、これで最後になる。最後ぐらいは家族だけで明るく楽しく過ごしたかった。

そして離婚式はおごそかに開始された。

まず司会者が、私たちが離婚に至った経緯を話す。

私は主催者側に拓斗の件も、夫が家庭をかえりみなかったこともすべて話してある。その話をまとめて司会者は伝えていた。私は横にいる夫を盗み見たが、夫は相変わらず無表情で何も感じていないようだ。こんな情が薄い人と32年間も一緒にいたとは、我ながらバカ過ぎると思う。

司会者から進行を促される。次は私たちのスピーチだ。

スピーチをすると言っても家族しかいない。私はこれからの抱負を簡単に楽しく話して終わらせるつもりだ。そう考えていると拓斗が「母さん、ちょっと」と話しかけてきた。

私は後で話そうと拓斗に告げ、スピーチする内容を頭でまとめた。

先に夫がマイクの前に立った。相変わらず無表情だ。そしてスーツの内ポケットから、便箋を取り出した。なんか、長そうでとても嫌な予感がする……。

「えー、本日はみなさん、お集まりいただきまして誠にありがとうございます」

家族しかいないのにちゃんとした原稿を書いてきたに違いない。夫はこういう空気を読めない生真面目さがある。私はウンザリしたが、仕方なく耳を傾け続けた。

「私たちは32年間、夫婦をやってまいりました。思えば雨の日も風の日も、光代はいつも私を支え続けてくれました。私は不器用な男です。仕事ばかりしてきました。振り返ってみると光代がしっかり家を守ってくれたおかげで、私は仕事に邁進することができたのです。二人の子宝にも恵まれ、子どもたちがすくすくと育ち、立派な社会人になれたのも、すべて光代のおかげなのです」

驚いた。私は夫からこんなに感謝されたことがなかった。もしかすると最後だから、奮発して言ってくれているのかもしれないが。

だけど、胸に熱いものがこみ上げてくる。これが全部本音でなくても、素直に嬉しかった。

「離婚に至ってしまったのは、すべて私の不徳のいたすところです。家庭をかえりみず、いつも仕事ばかりで光代には寂しい思いばかりさせてきました。家族旅行もめったに行かず、気の利いた言葉もプレゼントも思い浮かばず、私は本当にダメな夫です。見切りをつけられても仕方がないと思います。でも私は32年間ずっと幸せでした。渉外係時代、見合いをする前から光代と会うのが楽しみでした――」

**ウソでしょ……。**

涙があふれてくる。夫がそんな昔のことを覚えてくれてたなんて。カタルシスの言う通りだ。ひと言も言ってくれないから分からなかった……。

「だからこれからの光代には、幸せになってほしい。絶対に幸せでいて……」

夫の言葉が止まった。驚いて顔を上げると、真赤な顔でうつむき泣くのを堪えている夫の姿が目に入った。

「……本当は私が幸せにしたかった！　退職後は旅行に連れて行きたかった！　……光代、ごめん！　本当にすまない！」

夫は泣きながら深々と頭を下げた。

もういい、もういいから――。

私は気が付いたら夫に抱きついて泣いていた。

人一倍、照れ屋で不器用な夫に、人前で恥ずかしい思いをさせてしまった。一生懸命働いてくれたのに、私はなんてことをしてしまったんだろう。


離婚式は中止になった。私たちはいま主催者のはからいで、控室で休んでいる。私も夫も泣きすぎて疲れ、ボーッとしている。でもなぜかすっきりして幸せな気分だ。

「カッコ悪いとこ見せちゃったな」

夫が恥ずかしそうに口を開いた。

「そうよ。こんなすごいスピーチするなら最初から言ってよ。いっつも何にも言ってくれないんだから」

それに離婚式の打ち合わせも全部私に任せてたし、本当にこんなに大事に思ってくれていたなんて、ちっとも気が付かなかった。

「離婚式の話をしても打ち合わせに行っても、泣いてまう可能性があるから、アンタに任したンやろうな」。カタルシスが横から口を出してきた。

「興味ないフリもそうやで。あんとき旦那さんは**ノルアドレナリン**、バンバン出しとったからな。暴走して泣かないように必死に冷静を装ってたンやで」

「ノルアドレナリン？」。夫がポカンとしている。

「あ、実はウチ、脳科学の勉強してんねん。いまから夫婦が仲良うなる秘訣、教えたるわ」

カタルシスが夫に、愛情ホルモン・**オキシトシン**についての説明を始めた。

「オキシトシンを増やすにはな、いまから言う3つのことをするだけでええんや。ひとつ目は、必ず話すときに目を合わせる。2つ目はスキンシップ。3つ目は共同作業をする。これだけや」

几帳面な夫は早速メモ帳に書いている。


「オバさん。ちょっと相談があるンだけど」

美帆がカタルシスに話しかけてきた。

「なんやの？　ウチもう次のところへ行かんと、間にあわへんねん」

「えっ？　もう行くの？」。驚いて声が出てしまった。

「アンタももう大丈夫や。それに行くいうても、7階の辻村さんのとこや。用事あったら会いにくればええ」

カタルシスは慌ただしく、美帆と一緒に部屋を出て行った。

私たちが意味不明な会話をしていたからだろう、夫が「浄子さんって何やってる人なの？」と聞いてきた。私は笑ってごまかしたけど、夫はまだ怪しんでいるみたいだ。

しばらくすると拓斗が歩みよってきた。そういえば私に話したいことがあると言っていた。

「親父、ごめん。約束破るよ」

拓斗は夫にそう謝ると、私に向かって口を開いた。

「オレがイジメにあってた話、実はあれ、救ってくれたのは親父なンだよ」

「え？」

「オレが夜、あいつらに呼び出されたとき親父が急に出てきてさ、あいつらに怒鳴ってくれたんだ。警察呼ぶぞって」

私はビックリして夫を見た。夫は照れくさそうに頭を掻いている。

「それも一回や二回じゃない。あいつらを説得してくれたこともあったし。それにオレが立ち直るまで、夜はずっと見守ってくれてたんだ」

「……何で言ってくれなかったの？」

「脅されてお金取られてたし、母さんに言うと心配するからって口止めされてた」

恐喝までされていたなんて……。私はてっきり拓斗がグレて、夜遊びしていると思っていた。母親失格だわ……。

「いや、でもホントにもう、大丈夫だから。昔の話だし」

落ち込んでいたら、拓斗が慌ててフォローしてきた。

「……もう、言ってくれればよかったのに！」

私は思わず夫の手を叩いた。夫は笑っている。カタルシスの言う通りに離婚式をして良かった。また夫が『ニコニコマン』に戻ってくれたから。

# CASE 5

# W不倫・辻村利香の涙

「アンタ、今日も行くん？」

「シッ！　声が大きい。主人に聞こえちゃうでしょ！」

玄関先までついてきたカタルシスに慌てて注意した。彼女（？）は昨日の夜から突然現れ、私のオバ『浄子さん』としてしばらく居候することになっている。会ったことのないオバが突然現れ、夫はとても驚いていたがすぐに社交的なカタルシスと打ち解けていた。

だけど昨日からカタルシスは「不倫はやめろ」と口うるさく言ってくる。〝彼が奥さんと別れるように〟とあのときはお願いしたはずなのに、なぜ正反対のことを言ってくるのか分からない。

まぁ、あの願いもいまとなってはどうでもいいけど。

土曜の今日、私はこれから彼と素敵なデートの約束がある。ぺちゃくちゃうるさい羊にかまっている暇はないのだ。

カタルシスを無視して靴を履いていると、「そんならウチ帰るわ」とリビングに戻っていった。

ああ、よかった。いなくなってくれるとせいせいする。カタルシスの声はいつも大きいから、いつ夫にばれるか冷や冷やしていたのだ。

玄関にある大きな姿見で全身をチェックし、私は軽やかに彼の元へと走った。

選ばれた者だけが入ることができる、ベイラウンジTOKYO。

世界屈指のラグジュアリーホテルといっても過言ではないこの会員制リゾート施設は、都会の喧騒にありながらも、個人のプライバシーを完璧に守ってくれている。

私はいま、このホテルのフレンチで恋人の川瀬和哉と食事をしている。

高さ6メートルもある吹き抜けの空間には、ゴージャスなシャンデリアが飾られ、すべての壁はキラキラとしたワインセラーで彩られている。この優雅で煌びやかなお店は、何回訪れても飽きない。

そして目の前には、ダブルのイタリアンスーツを小粋に着こなした川瀬がいる。精悍な顔つき、鍛え上げられた肉体、堂々とした張りのある声。

53歳とは思えないほど、彼はいつまでも若々しく素敵だ――。

「どうした？　口に合わなかったか？」

「え？　あ、いや、ついインテリアに見惚れちゃって」

本当は川瀬に見惚れていたのを、慌ててごまかし、マンガリッツァ豚のロティを口にした。赤身と霜降りのバランスが絶妙で、豚肉とは思えないほど濃厚な味わいだ。添えてあるゴーヤのシャルロットの爽やかな苦みも、いいアクセントになっている。

こんな素敵なところに連れてきてくれる彼は、いま行りのインターネットTV局の社長だ。ちなみに私は映画会社の広報に勤めている。川瀬との出会いは2年前、とある映画の完成披露パーティーだった。彼の会社はその映画の製作委員会に名を連ねた、いわばスポンサーだ。

初めて会うとき失礼があってはいけないと緊張していた私であったが、彼をひと目見ただけで恋に落ちてしまった。川瀬も同じであったと思う。奥さんも一緒にパーティーに参加していたが、隙あらば私たちは熱い視線をかわしていたのだ。そしてもう次の日には、私たちは結ばれていた――。

「マンガリッツァはね、赤よりコクのある白ワインの方が合うんだ。このハンガリーのワインのように――」

洗練された彼の知識は、ワインだけにとどまらない。趣味である車やゴルフにヨット、果ては文学や哲学まで彼の造詣は深い。デートもここだけでなく彼自慢の愛車、ポルシェ911カブリオレでどこにでも連れて行ってくれる。

そんな彼と私はどこからどう見てもお似合いのカップルだろう。幼いころから自分の夢をすべて叶えてきた、いわば成功者である私にふさわしい相手なのだ。

付き合いだした当初は、夢中になりすぎて奥さんから彼を奪おうなんて考えてしまったけど、いまはそんなこと微塵も思ってもいない。

冷静になってみれば、私の夫もスペック的には悪くない。東大を出て大手広告代理店に勤め、順調に出世の道を歩んでいる。このままいけば役員として残るのも夢ではないだろう。実家の資産も充分にあるし、あとは何といっても私の仕事を後押ししてくれるのが心強かった。映画会社の広報と広告代理店は切っても切れない関係だ。夫に頼めば、メディア宣伝も容易になる。

それに私たち夫婦はお互いに自由にやっている。日ごろ、仕事に追われている夫は疲れているせいか、休日は家で寝てばかりいるが……。その負い目もあるのだろう、私がどんなに遅く帰ってこようと、泊まりで遊びに行っても一切文句は言わなかった。

まあ、私も忙しく働いているのに家のことは全部やっているのだ。アバンチュールのひとつぐらい許されて当然だと思う。

食事が終わった私たちは、いつものようにスイートルームに移動した。

二人でジャグジーに入り、またシャンパンを飲む。この後、熱い抱擁を交わしながらキングサイズのベッドに身体を沈めるのが、おきまりのパターンだ。

「そういえばシンガポールで、美味しいチリクラブの店を見つけたよ。今度一緒に行こう」

「本当！　嬉しい！　いつにする？　さっそく休みを申請するわ」

（彼といると最高に楽しい。ゴロゴロしてばかりの夫とじゃ、こうはいかないわ……）

川瀬とじゃれあっていると部屋の電話が鳴った。いままでこんなことがなかったから、私たちは思わず目を合わせた。

「なんだ、こんなときに……」

さっきまで笑っていた川瀬が不機嫌そうにつぶやく。

「たぶん、フロントからじゃない？」

私がそう話すと彼はブツブツ言いながらも、ジャクジーから出ていった。

（電話の用事はなんだろう。私たちの関係を知っている彼の秘書からだろうか）

心配になった私は、聞き耳をたてようとそっとジャグジーから出た。そしてバスローブを急いで羽織っていると、彼が慌てて飛び込んできた。

「大変なことになった！　いま、妻がロビーにいる！」

「エッ、何で！」

「説明は後だ！　とにかく早くここから出て！」

川瀬から洋服を押し付けられた私は、ただ目を白黒させた。

化粧も直さずひとりでスイートルームを飛び出した。幸い奥さんには見つからなかったけど、とてもみじめな気分だ……。

私はいま、マンションに向かって歩いている。ようやく混乱していた頭が冴えてきたところだ。

あれから彼からは何も連絡は来ていないが、いまごろ乗り込んできた奥さんと修羅場になっているに違いない。浮気を疑った奥さんが、現場をおさえようと押しかけてきたのは容易に想像できた。

そしてこういうときの男は逃げ腰になると相場が決まっている。彼は奥さんに私のことは言わないと思うが、これから奥さんの監視が厳しくなり、水面下で私に会うことが面倒になるに違いない……。

だけど、どうしても彼を失いたくない。あのときカタルシスに「さっさと帰れば」なんて言わなければよかった。

私はまだカタルシスが家にいることを願って、駆け足で家路を急いだ。

## 帰宅。

リビングに行くと、夫とカタルシスがテーブルにごちそうを並べて、楽しそうに酒を飲んでいる。私はいてくれてよかったと胸を撫で下ろした。

夫は私に呑気な声で「おかえりー」なんて言っているが、それどころではない。夫に不自然に思われないよう「オバと大事な話があるの」とごまかしつつ、カタルシスの腕をとり自分の書斎へと連れていった。

そして夫に聞こえないよう極力小さな声で彼女にさきほどのことを話した。

「せやからウチはバレる前にやめろいうたンや――」

カタルシスが腕を組み、仁王立ちで説教モードに入った。まだブツブツ言い続けているが、そんなことは聞きたくない。

「そんなこといいからっ。どうにかして、お願いだから」

「アンタもこりへんやっちゃなぁ。少しは頭冷やして考えてみいや。このまま別れたほうがええって、アンタも思うはずや」

「ちょっと待ってよ！」

私はとっさに部屋を出ようとした彼女の割烹着の裾をつかんだ。

カタルシスは「しゃーないなぁ」とつぶやくとボンッと小さく爆発し、また羊の姿に戻り私のデスクの椅子に座った。そういえばずっと人間の姿でいると、肩がこるなんて言ってたっけ。

「頭がええアンタなら分かるやろ？　こういうときの男は追いかけたらアカンって。川瀬から連絡が来るまで、放っておいたらええねん」

「そうじゃなくてっ。神様なら力使って叶えられるでしょ？　川瀬が私から一生離れないように願いを叶えてよ！」

「はぁ？　今回だけやのうて一生って……」

カタルシスは呆れたように「オーマイガー！」と空を仰いだ。

いやいや、ゴッドってアンタも神様でしょ？　どの神様に言ってるの？？

「アンタな、それがどんだけポイント使うと思ってンねん。そんなん叶えたらウチの力の在庫はすっからかんや。そこまでアンタのために使う義理はあらへん。ホンマ、人間は欲張りやな。神様やからって、何でも叶えてもらえると思っとるやろ。そんなん大間違いやからな！」

私はビックリして「神様の力ってポイント制なの？」と聞いてみたが、彼女は無視してしゃべり続けている。

「それに最初に言うたやん。ウチが叶えていなくなったあと、また同じようになったらどないすンねんって。あのモテ男なら、これからもいろいろあると思うで。奥さんにバレるんやのうて、別の若い女が出てくる可能性もある。そんときウチはもうおらんのやから、アンタはひとりで川瀬の心を捕まえとかなアカン。だからそのやり方を、脳科学で教えるって言うてるンや」

「そんな悠長なこと言ってられないの！」

カタルシスの言い分はもっともだけど、逆切れしてしまった。それに44年も生きているんだから、こんなとき男は追いかけちゃいけないことぐらい分かっている。だけど不安で仕方なく、どうしても焦ってしまうのだ。

私はいつものように腕を組み、部屋の中を歩き回った。考えがまとまらないときやイライラしているとき、頭を整理するために動いてみるクセがついている。

いや、いまは頭を整理するよりも、川瀬に連絡を入れたい衝動をおさえたいのかもしれない。ただ歩いて気を紛らわしているだけなんだろうと思う……。

でも、あれこれ考えているうちに怒りがこみ上げてきた。だいたい何で私がこんな嫌な思いをしなければいけないのか。

あの奥さんより私の方が美人だしスタイルも断然いい。学歴もキャリアも勝っている。本当なら私の方が彼にふさわしいはずなのに、結婚していないという理由だけで、こんなみじめな思いをしているのだ。

もし、川瀬が今回の件で私と別れる気なら、何もかも奥さんにバラしてしまいたい――。

私のこのイライラがカタルシスに伝わったのかもしれない。ずっと私を生温かい目で眺めていたカタルシスが、おもむろに口を開いた。

「しかし恋は麻薬やいうけど、ホンマやなぁ。アンタを見てたら思い出したわ。恋愛中の人の脳と薬物中毒患者の脳の状態は、ほぼ変わらへんねん。ＭＲＩで両方の脳をスキャンしたら、違いがほとんどなかったって研究結果も出とるしな」

「ちょっと、私が中毒患者と一緒だって言いたいの?」

頭にきた私はカタルシスに詰め寄った。と、そのときスマホが鳴った。川瀬からのメールに違いない。私は急いでスマホを手にとり画面を開いた。

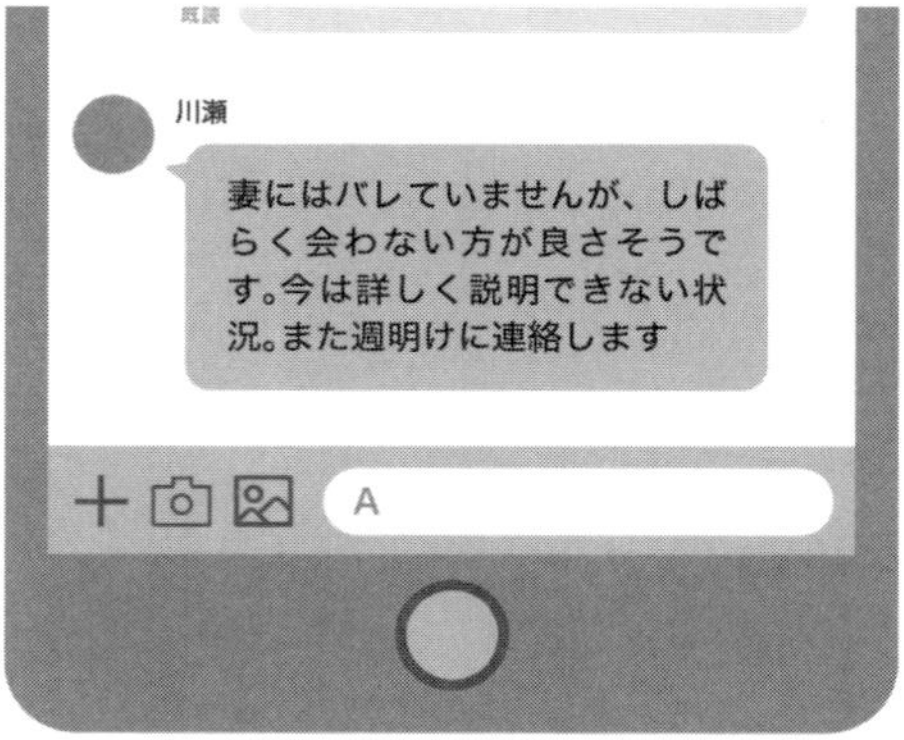


やっぱり……、思った通りだ……。がっくりきた私は、その場に座り込んでしまった。

このパターンだと、大抵はうまくはいかない。週明けに連絡がきても、徐々に連絡の回数が減っていくに違いない。それにしばらくってどのくらい？奥さんの監視がゆるむのがどれだけかかるか分からない。1カ月や2カ月ぐらいじゃおさまらないだろう。彼が奥さんの目を盗んでまで、私と会おうとしてくれるだろうか。長い間会うことができなければ、彼の心は離れていくに違いない。

いろいろな考えが浮かんできて、整理がつかない。結局、私は奥さんに勝てないのか。そう思うと涙がこみ上げてくる——。

「ちょっと散歩でもいこか？」

顔を上げるといつの間にか傍にきていたカタルシスが、ヒヅメを使い私の背中を撫でてくれていた。

カタルシスと二人で公園に来た。

夜風に吹かれながら歩いてきたおかげで、徐々に落ち着いてきたと思う。私たちは少し休もうとベンチに座った。

「恥ずかしいとこ、見せちゃった……。なんかカッコ悪い」

いい歳してあんな醜態をさらすなんて、自分でも考えられなかった。こんなに彼にのめり込んでいたなんて。

「のめり込むんは、**ドーパミン**が大量に分泌されとるからや。相手に夢中になってももっと恋の快楽が欲しくなるンは、このドーパミンのせいやねん。薬物も同じなンやで。薬で得た快楽を一度覚えたらしまいには中毒になる。快感を作るンもドーパミン。その快感が忘れられへんから、好きな相手や薬にどんどんハマっていくようになる。両者の脳調べると、ドーパミン神経が同じように活性化されとるンが分かったンや。だからドーパミンは別名『脳内麻薬』とも呼ばれとんねん。でも、それはおさえなアカン。いまのアンタは恋に狂っとる。自分の家庭も壊したくないし、彼に奥さんがいても楽しくやれればええって言うてたやんか。いま、奥さんに対抗しようとしたら本末転倒や。何もかもぶち壊しになるンやで」

「頭では分かってるのよ。ただ気持ちがついていかないの」

奥さんのことを出されて、またイラッとした。せめてこのイラつきだけでもおさえたい。

「そのイライラはな、アンタの勝気で負けず嫌いの性格のせいでもあるンやけど、いまは**ノルアドレナリン**の暴走のせいやな。強いストレスを受けて、怒りっちゅう興奮がおさえられへん状態なんや」

「でも、**ドーパミン**や**ノルアドレナリン**の暴走を抑えるのは、**セロトニン**の役目なんじゃないの？　セロトニンは常に一定量放出されるって聞いたことがあるような……」

「恋にハマるとセロトニンの分泌が少なくなるンや。心を落ち着かせるセロトニンが不足すると、不安をおさえられンようになったり、やたら心配になっていまのアンタみたいに居ても立ってもいられなくなる。それに個人差はあるけど、女の方が男よりセロトニンを生産する働きが弱いンや。だから女の方が恋愛依存症になりやすいンやな」

「恋愛依存症……」

まだそこまでいってはいないと思うけど、なったら困る。仕事にも支障が出るし、このままだと川瀬にしつこく連絡して嫌がられるに決まっている。

「……じゃあ、美帆ちゃんみたいにウォーキングでも始めようかな」

私もときどき顔を合わせていたけど、美帆ちゃんは毎朝決まった時間に出かけていたみたいだ。最初はいつもスマホばかりいじって暗い子だなと思っていたけど、みるみるうちに明るい表情になり、いつのまにかスマホも持ち歩かなくなっていた。はじめのころは列の婚約者のことが気になって仕方なかったンだと思う。でもそれがなくなったということは、セロトニンの効果が表れたに違いない。

「それも関係しとるんやけど、問題は落ち着いた後やねん。落ち着いても相手のことが頭から離れんかったら、またおかしな状態に戻ってまうからな。美帆と富田林は仕事に夢中になれたから、相手のことが薄れてきたンや。これはな、ドーパミンを利用して脳を騙したンやで」

「仕事の成功が快楽になったのね」

「そや。その快楽にもふたつあるンやで。ひとつは『生物的な快楽』いうて、セックスしたり、美味しいものを食べたときにでる快楽や。もうひとつが『報酬系の快楽』やな。努力して結果を得られたときに出る快楽のことや。これは生物的な快楽より強いンや。例えば、よく寝食忘れて没頭するっていうやろ? 寝ないで一日中ゲームやっとったとかな。それを利用するンや。あの二人はちょうど仕事も上手くいってへんかったし、そこを逆手にとって問題をクリアする楽しさを教えたンや。努力して結果が得られる『報酬系の快楽』やな。でもアンタは仕事もできるし、大抵のもんは何でもこなす。だから何が報酬になるンか、ちょっと悩んどるンやわ」

私は大きくうなずいた。

「子どものときからそう。そんなに苦労しないでも、やれば何でもできる子だったわ」

勉強もスポーツも音楽もちょっと学習するだけで何でもできた。だから優秀な子だって、周りからちやほやされて育ってきたのだ。

カタルシスは私の言葉を聞いて「うわっ、自分で言うとる。虫唾がはしるわ！」と自分の腕をやたらさすっているけど。


ふと、前を見ると6階の田畑さんがマルチーズのモモちゃんと歩いて来るのが見えた。夜の散歩だろう。

ちなみに私は犬が大好きだ。実家では柴犬を飼っているし、うちの近所にある夫の実家にもボーダーコリーが2匹もいる。わりといつでも犬と遊べる状況と仕事が忙しいこともあり、結婚してからペットを飼ったことは一度もなかったが。


私は田畑さんにあいさつをすると、すぐにしゃがんでモモちゃんを撫でた。マルチーズは本当にぬいぐるみみたいで可愛い。いつまでも撫でていたい。カタルシスも同じような白い毛でモコモコしているが、愛くるしいモモちゃんと大違いだ。

「いま、なんか言うた？」

カタルシスがギロッと睨んできた。さすが神様だ。口に出さなくても考えがバレてるようだ。

私は名残り惜しかったがモモちゃんにバイバイして、カタルシスの所へ戻った。

するとカタルシスが突然、ポンと手を打った。

「ええこと思いついたわ。これは**第一の指令**や。**アンタ旦那と一緒に犬を飼いなさい**」

**犬？　この状況で？**

「さっき旦那さんからもワンちゃん大好きやって聞いたンや。アンタら忙しいから飼うこと躊躇しとったンやろ？　ワンちゃん飼ったら早う家に帰ってくるようになンで。それにな、長時間留守するときは、旦那さんの実家に預ければええやん。いまはペットシッターもおるし、なんも心配することないやん」

カタルシスが早口でまくしたてた。ここまで勧めるということは、もうあれしかないだろう。

「……もしかしてアニマルセラピーとか？」

「アンタは頭ええから助かるわ。理由は3つや。ひとつはセロトニンを増やすためのリズム運動。ワンちゃん飼えば、毎日散歩させなアカン。2つ目はアンタのいう通りアニマルセラピーの効果や」

「かわいい動物と触れ合って癒されるってやつね」

「そや。**副交感神経を活性化**させ、リラックスさせる効果があるンや。それに触れ合っているうちに**幸せホルモンのオキシトシン**がぎょうさん出て、心の傷を癒して穏やかになる。怒りも制御しやすくなるンやで。それに互いに愛情が深まって、アンタはワンちゃんに夢中になるはずや。毎朝の散歩や世話で規則正しい生活にもなるし、飼わない手はないねん」

カタルシスの話では、血圧やコレステロール、中性脂肪の数値が改善したなど医学的にも研究結果が出ているそうだ。最近ではアニマルセラピーを治療の一環として取り入れている病院もあるらしい。すごい、そこまで効果があるとは知らなかった。

「で、3つ目に**『報酬系の快楽』ドーパミン**が出てくるンや。負けず嫌いのアンタのことやから、他のワンちゃんに負けへんってコンテストに出すかもわからへん。出さんでもいまはSNSでペットを自慢すンのも流行っとるしな。よう知らんけど、なんちゃらいうハエが人気なンやろ？　なんでぶんぶん飛ぶハエがSNSに関係しとンのか、よう分からんけど」

たぶん、イ〇スタ映えのことを言ってるんだろうと思う……。それは置いといても、私ならウチの子を自慢するために絶対やると思う。

「あと旦那さんも活用すンで。旦那さんも散歩やドッグランに行きたいって言うとったわ。一緒に行けば、旦那さんとの仲も深まる。オキシトシンをフルに活用するンや。だいたいアンタの不満は、旦那さんが遊びに連れていってくれへんとか、家事をやらへんとかやろ？あの旦那ならワンちゃんのために、いろいろ動くようになると思うわ。アンタも旦那を見直すようになンで。川瀬のことなんてどうでもよくなるンとちゃう？」

「それはどうかなぁ」

夫のことは大事だけど、それはあくまで家族としてだ。ひとりの男性として見えなくなっている。川瀬に対するときめきのようなものは、夫にはまったく感じていない。

「恋の寿命はだいたい3年といわれとるンや。恋をするとドーパミンがドバっと出て相手に夢中になるンやけど、大量分泌っちゅうのは身体に負担がかかるから長くは続かへんようにできとる。せいぜい18カ月から3年や。アンタと川瀬は付き合いだして2年やし、まだ盛り上がってるンやな。落ち着いた旦那との関係と比べてしまうのも無理はないねん。まぁ、アンタの場合はそれだけやないンやけど」

「まだなにかあるの？」

「アンタは本能で川瀬に惚れとるんや。女は嗅覚で恋をするって聞いたことあるやろ？あれは相手の体臭のことやない。女は相手のフェロモンを嗅いで、自分の遺伝子と似てない相手をちゃんと選んでるンやで。もし自分の遺伝子と近い相手と結ばれたら、免疫の弱い子どもができるからや。本能的に避けとるンやなぁ。でな、川瀬はアンタの遺伝子配列から、一番離れとる男やねん。せやからこんなにのめり込んでるンやで。川瀬に初めて会うたとき、胸がキューンとかドキドキしたやろ？」

言い当てられてドキッとした。そのときの状況を思い出すと、いまだに胸が高まってしまう。

「ウチは弁天ちゃんに頼まれたンもあるし、不倫がバレてアンタが不幸になるンは忍びないから、別れたほうがええって助言したンや。けどな、もともと人間は一生にひとりの人しか愛さないいちゅう生き物やないねん。男も女も自分の子孫が、広く長く繁栄することを本能で願ってるンや。それならいろんな男女と子どもを作った方が早いやろ。まぁ、いまは社会が不倫に対してうるさくなっているンやけど、ウチから言わせてもらえば、そっちの方が不自然なんや」

「……つまり不倫しても仕方ないと？」

「まぁ本能的にはな。いくら世間が不倫を糾弾しても、男と女がいる限りなくなることはないと思うわ。でもアンタは指令をやりなさい。どっちにしろいまは川瀬を待つしかないンやし、アンタもその間、不安になったりイライラするンもつらいやろ？　それにホンマに川瀬のこと、忘れられるかもしれんしな。いくら本能や言うても、相手にも家庭があるンやで。不幸になる人が出ることを忘れたらアカン」

「……」

そろそろ帰ろうと、私たちは公園を後にした。

カタルシスは家につくまで「不倫はやめた方がええ」と言ってきた。カタルシスの言うことは分かる。すべてが明るみになると、夫だけでなく川瀬の奥さんや子どもも悲しむだろう。でも、やめろと言われてやめられるぐらいなら、こんなにつらくはならないのだ。どうしていいのか分からない。それにいまは動くこともできないんだし、それなら何も考えないほうがいい……。

私は夫のブランデーをあおると、早々とベッドに入った。

## 翌朝。

私はすぐにスマホをチェックした。やはり川瀬からの連絡はきていない。気分が沈む。

私はまたグッタリとベッドに横たわった。

奥さんが怪しむ前は、会わない日でも朝と晩は毎日連絡がきていた。週明けの明日は何かしら連絡があると思うが、それでも落ち込んでしまう。

これではあのときの美帆ちゃんみたいにスマホばかり、気になってしまう。

いまはそんな気分じゃないが、カタルシスの指令通り犬を飼ってみるのが一番いいのかもしれない。気もまぎれるだろうし、上手くいけば川瀬のことも――。

彼との別れを少しでも考えると胸が痛む。

でも、こんなの私らしくない。私はいつでも堂々とカッコよく生きてきたんだから。

私はネガティブな考えを振り払おうと身体をいきおいよく起こし、さっそく夫に犬を飼おうと相談しにいった。


思った通り、夫は犬を飼うことを大喜びで賛成してくれた。

いま、リビングでどの犬にしようか夫と話している。うちのマンションは小型犬しか飼えない。候補はトイプードル、ミニチュアダックス、シーズーに絞ったが、どの犬もそれぞれの可愛さがありなかなか決められないでいた。

「もうペットショップに行って決めようか」

夫がそう提案したとき、カタルシスが「それもええけどな」と間に入ってきた。

「犬の里親になる方法もあンで」

「ああ、動物保護団体がやってるような」

夫はすぐにピンときたようだ。

「そや。そっちのほうが意義があると思わへん?」

私と夫は思わず目を合わせた。

## シェルターで。

毎年、約17万頭の犬や猫たちが殺処分されている——。

ネットで情報を調べた私たち3人は、埼玉にある動物保護シェルターに来てみた。ここでは多くの動物たちが保護されていた。もう飼うことはできないと保健所にペットを捨てて行く飼い主、酷いブリーダーなどは、最低限の水とエサしか与えず、一生オリの中で繁殖行為だけさせるらしい。病気になっても治療もしてもらえず、ボロボロになるまで使われるだけだという。

道具として生きるだけで、まったく愛を知らずに死んでいくのだ。そういう話もあるとは聞いていたが、実際に保護された犬たちを見ると、胸がとても痛んだ。飼い主から虐待されて育ったような子は、酷く怯えた目で私たちを見る。こんな酷いことが許されていいはずはない。

シェルターの中庭で比較的元気な犬たちと遊んでいると、茶色い毛がボサボサの子犬が私の足元に近づいてきた。少し弱っているようでヨロヨロしている。手のひらを出すとおずおずと舐めてくれた。

「この子は保健所から救ってきたンです。ペットショップで売れ残った子です。可哀想に皮膚病に罹っているのに、病院にも連れていかなかったみたいで」

そう施設の人が話すと子犬を抱きかかえて、お腹を見せてくれた。だいぶ治ってきてはいるみたいだが、まだ皮膚が赤く、ところどころただれていた。

「治療中だし、毛を短く刈っているンです。これでもポメラニアンの男の子なんですよ。見えないでしょ？」

黒くてまん丸い目をショボショボさせながら、不安そうに私を見ている。この子は誰からも愛されたことがないのかもしれない。

「抱っこしてみてもいいですか？」

「えっ、でもお腹の塗り薬が洋服についちゃいますよ」

私はそれでもかまわないと抱かせてもらった。痩せているため羽のように軽く、不安そうな表情でプルプルと小刻みに震えている……。

この子を家に連れて帰ろう。だから安心していいよ、とこの子の頭を優しく撫でてた。




必ず皮膚病を完治させると約束し、この子をマンションに連れて帰ってきた。

いま、新しい環境が不安なのか部屋の隅で身体を丸め、辺りをキョロキョロ見回している。途中、ペットショップに寄って、この子の飼育道具もひと通りそろえてきた。ショップにいた子犬たちは、綺麗にブラッシングされ毛並も輝いていたが、この子は皮膚病じゃない部分もボサボサで、目元には目やにもいっぱいついている。きっと長い間放置されていたんだろう。同じ命なのに平等に扱われなかったこの子が、ひどくかわいそうに思えてくる。

私が子犬に寄り添って頭を優しく撫でていると、カタルシスが近づいてきた。

「なんや、もう**オキシトシン**が出まくっとるようやな」

「うん……、でも本当はこの子だけじゃなくて、みんな引き取りたかったンだけどね」

まだあのシェルターには、救いを求めている子がたくさんいる。それを考えると胸が締め付けられる思いだ。でも全部の面倒をみることは到底できない。

「焦らんでも、できることから始めたらいいねん。行動的なアンタやったらウチが言わんでも、あの子たちを助けようってなんか始めると思うわ」

「私のこと、よく見抜いてるわね。この子の病気が治ったら里親募集のＰＲ、始めようと思う。それぐらいしかできないから」

「それがええ。報酬系の快楽、**ドーパミン**もドバドバ出ンで。これで川瀬のことも忘れられるやろ」

いきなり川瀬の名前が出てドキッとした。この子に会ったときは、これから川瀬に捨てられる私を思わず想像してしまったが、慌ただしく準備をしているうちにいつの間にか忘れてしまっていた。この子のことを心配していたからかもしれない。彼のことを思うと相変わらず胸がはりさけそうになるが、いまはこの子だけを見ていたいのかもしれない。

撫でているうちに安心したのか、子犬は気持ちよさそうに寝てしまった。今日はこの子と寝ようと毛布を持ってくると、夫も同じことを考えていたのか、ブランケットを持ってやってきた。私たちは顔を合わせて笑ってしまった。

「この子の名前、考えないといけないね」。夫が笑いながら言った。

「たくさん候補があるの」

こうして夫と二人で長時間一緒にいるのも久しぶりだ。私たちは子犬をはさみ、川の字になって名前を考え続けた。

やっぱり犬は可愛い。親バカと言われるかもしれないが、私たちは朝方まで名前の候補を出し合い、やっと『アポロ』と命名した。

今朝のアポロはご飯もたくさん食べ、比較的元気そうだった。ずっと私たちが寄り添っていたから、安心したのかもしれない。

オフィスに出勤してきたが、いまはカタルシスが病気が完治するまであれこれと世話を焼いてくれると約束してくれた。最初は早く帰ればいいのになんて思っていたが、いまは彼女の存在がとてもありがたい。

## 昼休み。

私のスマホが鳴った。川瀬からのメールだった。予想通り当分会えないし連絡もなかなかできないだろうという内容だった。ほとぼりが冷めるまで待っていて欲しいとの連絡に、私はどう返事をしていいか迷っている。

彼と別れたくない。許されるならいますぐにでも会いに行きたい。

でもそれは身勝手なことだと思い始めていた。人間の勝手でゴミのように捨てられるのはアポロだけじゃない。私はいま自分自身をそれに重ねている。私の感情のままに動けば、傷付き悲しむ人が出てしまうのだ。

昨日一日、シェルターに行っただけでこんな風に思えるなんて、自分でも驚いている。私はつらくなったら今朝撮ったアポロの画像を見て、なんとか就業時間までやり過ごしていた。まだ弱々しいアポロの姿を見ていると、この子をなんとしても救わなきゃという責任感が出て、親になるんだからちゃんとしなければいけないと自分を律することができていた。

## 2週間後。

それからの2週間、私はできるだけ残業をせず、アポロに早く顔を見せるためまっすぐ家に帰っていた。カタルシスが病院に連れて行ってくれ、まめに世話もしてくれたおかげで、皮膚病のほうもほぼ完治していた。

アポロも我が家にすっかり慣れたみたいだ。私や夫が帰ってくると玄関まで出てきて飛びついてくるようになった。遊んでくれとせがんでくるアポロが本当に愛おしい。夫も早く家に帰ってくるようになったし、私たち夫婦はもうアポロに夢中だ。私もアポロと一緒にいるだけで楽しく穏やかな気分になり、イライラも不安も焦燥感もなくなっていた。

アニマルセラピーの効果が、ここまですごいとは思わなかった。あれから川瀬からまた1回だけ連絡が来たが、私は返事をしていない。思い出すとまだつらいが、このまま忘れたほうがいいと考えが変わってきていた。

夕食のあとアポロの毛をブラッシングしていると、スマホが鳴った。画面を見ると、川瀬からの電話だった。夫はまだ帰ってきていないが、私は慌てて書斎に移動し電話に出た。

「急に電話してすまない。どうしてるか心配だったから」

久しぶりに聴く、川瀬の声に胸が高鳴る。

「……こっちは大丈夫よ。あなたの方は？」

声をおさえて努めて冷静に話した。

「大丈夫だ。妻には何とかごまかしたから。それよりも会って話がしたい」

「——エッ？」

「いや、話したいというよりも会いたいンだ。君の顔が見れるだけでもいい」

相変わらず強引に誘惑してくる。彼から初めて誘われたときもそうだった。彼は甘いマスクで、自分の気持ちをストレートに言うタイプだ。私は押しの強い男に弱い。ズルいことに川瀬もそれを分かって言っているのだ。

「君に会えるなら5分だってかまわない」

「……うん」

気が付いたらうなずいていた。

明日、オテル・ド・アロンのバーで会うことを約束し、私は電話を切った。

やってしまった。もう会わない方がいいと自分でも分かっていたのに。また彼の魅力に負けてしまったのだ。たぶん、彼に会ったら私はまた戻ってしまうだろう。バレないようにこっそり続ければいいという悪魔の囁きも聞こえてくる。

でも……、いまから電話して断ったほうがいいのか……。

しばらく考えていたが、答えは出ない。こういうときはカタルシスに相談したほうがいい。

私がリビングに急いで戻るとカタルシスはおもちゃを使いアポロと遊んでいた。

彼女に声をかけると、「ウチは明日帰るわ」と声を出した。

「明日?」

いきなりで驚いた。

カタルシスはうなずくと立ち上がった。

「そや。だからこれからどうするンかは、自分でしっかり決めるンやで。どっちにいけば自分が幸せになるンか、よう考えて選択せなアカン」

「もしかして、さっきのこと――」

「分かっとるわ。だから後悔せんように忠告しとるンや」

「でも、あれだけやめろって言ってたじゃない」

「アンタは本能的に川瀬に惚れとるって説明したやろ。それに人間も強い子孫を残すために、この手の誘惑に弱いとこがある。理性と本能、どっちを優先したら幸せになるンか、ウチも分からんとこもあるンや。それに誰も傷付けんよう生きるンは、絶対に無理やしな。だったらアンタの人生や。最後はアンタが後悔しないように決めるンが一番なんやで」

カタルシスはそう話すと私の肩を叩いて、部屋を出て行った。

なんだか突然、見はなされた気分だ。でもカタルシスはよく分かっている。私が川瀬からの誘惑に弱いことを……。

ぼんやりと考えていると、アポロが私の足を舐めてきた。私の様子がおかしいから心配しているようだ。心配そうな顔で「クーン」と鳴いている。

私はアポロを抱きかかえ、強く抱きしめた。


次の日。


仕事が終わると私は川瀬に会いにホテルのバーに向かった。45階にあるその店から見下ろす夜景は、とてもきれいだ。

川瀬は先に来て私を待っていた。相変わらずダンディでカッコいい。私はドキドキしながら、川瀬の前に座った。

「返事がないから心配したよ。来てくれて嬉しい」

川瀬は周りを気にしないで私の手を握ってくる。

「ちょっと、奥さんに見られたら――」

「見られるわけないさ。もう疑っていないから。それにいま彼女は海外いる」

彼の手に力が入った。もう何も心配しなくていいと、私の手の甲を撫でている。私の顔が一気に熱くなった。たぶん、いま真赤になっていると思う。

「心配させてごめんねって、プレゼントでもしたの？」

赤い顔をごまかすようにわざと意地悪く言った。こういうときの彼のリアクションは決まっている。首を優しく横にふり、全部僕にまかせてとほほ笑むのだ。

「下のイタリアンを予約したよ。部屋には君の好きなシャンパンとフルーツも用意してある。今回のお詫びに、ちゃんとシンガポールの便もおさえてあるから」

彼はそう話すと、さぁ行こうとばかりに席を立った。

部屋には私を喜ばすため、アクセサリーのプレゼントも置いてあるだろう。ホント、彼は完璧な人だ。こんな素敵な男性は他にはいない……。


「――待って」

私は先を歩く彼を引きとめた。彼は不思議そうな顔で、私を見ている。

「他に好きな人ができたの。だから、もうあなたとは会えない」

「……ハッ、冗談だろ？　分かった、また僕に意地悪したいンだな。この間のことまだ怒ってるんだね」

微笑みながら、彼は私を諭した。私のわがままも全部聞いてくれる、こんな彼が大好きだった。

「違うの。この間の醜態を見て、あなたのことが嫌いになったの。奥さんに頭の上がらないあなたより、彼は何倍も素敵な人よ」

驚いている川瀬を残して私はバーを出てきた。エレベーターに飛び乗り、ロビー階のボタンを押す。川瀬が追い駆けてきたのが見える。私はすぐにＣＬＯＳＥのボタンを押し、扉を閉めた。

涙が止めどなくあふれてくる。彼は私にとって人生最高の最後の恋だった。でも、こんなことしていたらいつかはバレる。だからお互いこれでいい。昨日、アポロを強く抱いたときに決めたのだ。私はいまの平穏な暮らしを取った。これからはアポロと夫と仲良く暮らせるンだから。

私は誰もいないエレベーターで、思いっきり声をあげて泣いた。

家に帰り着くまで私は泣き続けた。

みんな驚いた顔で私を見ていたけど、いまはスッキリした気分だ。

玄関のドアを開けると、アポロがまた「おかえり」と飛びついてきた。この子がいればまた頑張れる。それに不幸なワンちゃんを救うためにも、私は後ろを振り返るわけにはいかない。

エピローグ

# カタルシス、また来てねー!!

私、辻村利香は不倫にきれいサッパリ、ケリをつけ自宅に戻ってみると、リビングから賑やかな笑い声が聞こえてきた。

驚いて行ってみると風呂敷を背負った羊姿のカタルシスを中心に、富田林さん、光代さん、美帆ちゃん、拓斗君と、今回カタルシスに助けてもらった全員が集まっていた。

「おそいやん。待ちくたびれたわー」。カタルシスが笑いながら言った。

「みんな、カタルシスを見送りにきたの?」

「それもあるけどね、利香さんを元気付けてやってって、昨日から頼まれてたのよ」と光代さんがカタルシスと私に目配せをしていった。

昨日から? ということは、カタルシスは私の動きを読んでたってこと??

「いや、アンタならあの男を振ってくると思うたンや。顔見たらその通りやなぁ」

「じゃあ、どっちがいいか分からないって、あの言葉は嘘だったの? どういうことか説明してっ」

怒った私はカタルシスに詰め寄った。あのとき私は彼女から見放されたんじゃないかと、絶望感も味わっていたのだ。

「嘘やあらへん。自信なかったのはホンマやで。ただアポロに出会ったアンタなら、変わってくれるはずやと思ったンや。なぁ、アポロ」

アポロがうなずくように「ワンッ」と鳴いた。ズルいなぁ、アポロが出てきたら文句が言えないよ……。

「でも、アンタようやったわ。第一の指令だけで、セロトニン、ドーパミン、ノルアドレナリンにオキシトシン、全部制覇したんやで。優秀なアンタなら、これからもガンガン行けるはずや」

「うん……、ありがとう」

カタルシスに褒められて、何だか涙が出てきた。カタルシスはそんな私の背中をヒヅメでポンッと叩くと「がんばりやっ」と励ましてくれた。

そして富田林さんが「私もちゃんとお礼が言いたい」とカタルシスの前に来た。そしてカタルシスのヒヅメを握り、「すごく助かったよ。ありがとう！」とブンブン縦に振っている。気のせいだろうか、彼の目もちょっと潤んでいるような気がする。

「で、結局、柚菜ちゃんと波多課長とどっちにしてん？」

「えっ？　いや、だからそういうンじゃなくて――」

富田林さんは必死にごまかしていた。詳しいことは分からないが、何やら二人の女性に言い寄られて決めかねている様子だ。えー、富田林のくせに生意気じゃない？　どうしてこのカニみたいな顔しているオジさんがモテるんだろう。本当に不思議だ。

「次、私ね！」

私が首をかしげていると、美帆ちゃんが飛び出してきた。カタルシスに抱きついて、おいおい泣いている。

「もうアンタ、ホンマ泣き虫やなぁ」

「だって、企画も通ったし、恋人もできたンだよ。ここまでしてくれたのにもう会えないンだもん」

「アンタにはもう黒崎がついてるから大丈夫や。あの男は性格はわるいけどエエ男やで。大事にせんとアカン」

性格が悪いのにいい男って何よ？　もうさっきからツッコみどころが満載で、悲しさが吹っ飛んだわ！

「その次は、拓斗やな」

カタルシスから呼ばれ、後ろで笑っていた拓斗君が前に出てきた。

「おかげ様で小春と上手くいってます。来年の春に結婚する予定です」

拓斗君が照れくさそうに頭をかいている。この爽やかな青年の相手なら、良い子なんだろうと思える。

「アンタは素直やから、一番やりやすかったわ。井岡課長とも上手くいっとるみたいやし、これからもきばるンやで。あ、あと〝ゲスペディア〟っつうあだ名、おおきにな」

カタルシスはニヤニヤ笑って、焦っている拓斗君をひじで小突いている。

ゲスペディアの意味がよく分からないが、カタルシスに隠し事ができないのが唯一の難点だと思う。

「じゃあ、おおとりは私ね」と今度は元気よく光代さんが飛び出してきた。離婚したいとか私にもときどき愚痴を言っていたけれど、いまはすっかり仲良しになっているみたいだ。

「アンタもう京さまのとこ、行ってへんの？」

「行ってない行ってない。もうウチの人だけで十分だから」

光代さんは手を横にふって否定した。

「なんやせっかく来月東京でやるディナーショー、誘おう思っとったのに……」

「え、ハマったの？　やだ、早く言ってよー」

ミーハーなオバさん二人が、京さまとかいう歌手のことでキャーキャー盛り上がっている。ゲスペディアの意味が何となく分かったような気がした……。

「ほな、ウチ行くわ」。カタルシスが風呂敷を背負い直した。

みんな、「ホントに帰っちゃうの？」とか「もう会えないの？」とか、必死にカタルシスを引きとめようとしている。

私もそうだが、みんなカタルシスのおかげで、次の一歩を踏み出すことができたのだ。

私も帰ってほしくない。なんならずっとうちにいたってかまわないぐらいだ。何だかまた涙が出てきた……。


カタルシスはヒヅメをチッチッチと横にふって笑っていった。

「泣いたらアカン。さよならするときは笑顔でするもんなンや」

そしてボンッとまた小さく爆発して消えてしまった。

白い煙が消えたあと、床に一枚の便箋が残されていた。

私はカタルシスらしいとクスっと笑ってしまったが、いつもこんな感じであっさりと消えてしまうらしい。

「でも本当にまた来るかもしれませんよ。この調子じゃ」

富田林さんが便箋を見ながら言った。

「そうだよ。さっきお母さんと京さまのこと話してたし。私の結婚式にも出席してもらわないと」

たしかに美帆ちゃんの言う通りだ。あのカタルシスなら本当にディナーショーに来るかもしれない。

「オレの結婚式にも来てもらいたい」

拓斗君も同じことを言っている。

「じゃあ招待状作って、送っときましょうよ。またあの神社に」

今度は光代さんがそう提案した。

「そうよねぇ。あのカタルシスなら『めんどいわー』とか言いつつ、きっと来てくれるわよ」

私ももちろん笑顔で同意した。

# おわりに

最後までウチの本を読んでくれておおきに。

ウチも脳科学が恋愛や人間関係の悩みに役立つよう、心おきなく伝えられたと思うわ。

全部読むと、なんとなく「明日、脳科学あるある披露しちゃおうかな〜」って面白がってくれた人もおるやろ。

遠慮はいらんから、バンバンネタ披露したってな！


オムニバス小説では今回5つしか紹介できへんかったけど、かなりレパートリーはそろえたつもりや。

神様のウチから見たら、だいたいの恋愛に当てはまると思うで。

それに頭のエエアンタらなら、もう理解してるわな。

恋は「脳内麻薬」と呼ばれとるドーパミンのせいで、狂うこともあるんや。でもな、自分ひとりの気持ちを優先させたらアカン。恋愛は相手がいるからこそできるんやで。

二人の仲が壊れかけてきても一方的に「どうして分かってくれへんの？」って追いかけたらアカンねん。人間は追われると逃げたくなる生きもんなんや。上手くいくもんも、ダメになってしまうからな。

恋に狂った状態はまず、セロトニンを増やすこと。太陽の下でリズム運動するのが一番ええンや。

そしてセロトニンが増えて落ち着いてきたら、今度は恋愛を一時忘れるために報酬系のドーパミンを出すこと。人によって報酬は違うと思うからなんでもええねん。ダイエットに成功して痩せて綺麗になるんも良し、英会話を勉強してベラベラになるんも良し。

とにかく自分が夢中になれるもので、さらにパートナーをうならせることができれば、アンタの勝ちや。

自分の目標が達成されるころには、アンタの頭も冷静になっとる。それからパートナーとのことを考えても遅くはないねん。

相手は輝いているアンタに一目置くと思うわ。しかもアンタが相手を追いかけなかったことで、未練も湧いてくる。

あとは相手の恋のドーパミンや、アンタを失ったらどうしよう言うノルアドレナリンを引き出す駆け引きやな。

駆け引きが苦手な人も心配せんでええ。二人が仲良かったころのオキシトシンを利用して、ずっと一緒にいたいって正直に相手にぶつかることも大事なんやからな。

恋愛や人間関係以外でも、セロトニン、ドーパミン、ノルアドレナリン、オキシトシンをフル活用して悩みを解決していってな！

ホンマに読んでくれてありがとう。

ほな、またな！

脳科学の神様　カタルシス

◎ 著者 — 寺井 広樹
涙活プロデューサー。涙を流すことで心のデトックスを図る「涙活」を発案。ハウステンボスの泣けるアトラクション「涙箱」やＴＶ番組「タカトシの涙が止まらナイト」に企画段階から協力。『天国ポスト〜もう会えないあの人に想いを届けます。』(トランスワールドジャパン)など著書多数。

◎ 監修者 — 有田 秀穂
脳生理学者でセロトニンの第一人者。東邦大学医学部・名誉教授。メンタルヘルスケアをマネジメントするセロトニンDojo代表。主な著書「脳からストレスを消す技術」(サンマーク出版)、「ストレスすっきり！脳活習慣」(徳間書店)、「セロトニン欠乏脳」(NHK生活人新書)の他50冊以上。テレビ出演も多数。

# 泣き虫オトコと嘘泣きオンナ

2017年12月24日　初版第一刷発行

著者　寺井 広樹

監修者　有田 秀穂

デザイン　重元 ふみ
編集協力　しのはら史絵

編集　杉本 多恵
喜多 布由子（トランスワールドジャパン）

営業　斉藤 弘光、田中 大輔、工藤 郁美

発行者　佐野 裕

発行所　トランスワールドジャパン株式会社
〒150-0001
東京都渋谷区神宮前6-34-15　モンターナビル
TEL：03-5778-8599　FAX：03-5778-8743

印刷所　三松堂株式会社

Printed in Japan

ISBN978-4-86256-224-1

◎定価はカバーに表示されています。